漆黑的夜，抚摸着深深的海
遥远的天空在海水上痉挛
有谁知道，这是新的一日

刘文斌诗集
我之生

WO ZHI SHENG

刘文斌 著

北方文艺出版社
·哈尔滨·

图书在版编目(CIP)数据

我之生 / 刘文斌著. —— 哈尔滨：北方文艺出版社，2022.1
ISBN 978-7-5317-5362-9

Ⅰ.①我… Ⅱ.①刘… Ⅲ.①诗集–中国–当代 Ⅳ.①I227

中国版本图书馆 CIP 数据核字(2021)第 262187 号

我之生
WO ZHI SHENG

作　者 / 刘文斌	
责任编辑 / 张贺然	封面设计 / 潇湘悦读
出版发行 / 北方文艺出版社	邮　编 / 150008
发行电话 / (0451)86825533	经　销 / 新华书店
地　址 / 哈尔滨市南岗区宣庆小区 1 号楼	网　址 / www.bfwy.com
印　刷 / 长沙市精宏印务有限公司	开　本 / 880mm×1230mm　1/32
字　数 / 100 千	印　张 / 7.5
版　次 / 2022 年 1 月第 1 版	印　次 / 2022 年 1 月第 1 次印刷
书　号 / ISBN 978-7-5317-5362-9	定　价 / 59.00 元

序

◇张立云

早在几年前,刘文斌就是我的作者,我曾帮他策划出版过《芥末人生》《思想独舞》两本杂文集。"以文会友,以友辅仁"是我的交友之道,要感谢给心灵以无尽慰藉和力量的文学,很多作者在找我出书以后,我与他们也便成了终身的朋友。当然,刘文斌与我的人生经历其实有很多相似之处,符合"物以类聚,人以群分"的规律。譬如我们都曾经在湖南医药界混过,又都爱好着文学。只是,他在医药界干出了大名堂,至今还在健康产业里纵横捭阖,而我当时在医药行业只是一名过客,回望这十年江湖早已无我的影踪。

我从小就喜爱文学，从医药行业转至阅读推广与图书出版之后，这一路走来尽管也不是很平坦，但对我来说总算是找到了一条回归初心、比较适合自己的路。关键是，每天与文字打交道的同时，还能交到很多志同道合的朋友，如刘文斌这样亦师亦友的人。

去年底，我的出版事业略有起色，准备自己走公司化运作的道路。他一听说这一消息，马上就与我签订了诗集《我之生》的出版合同。他说："老弟的事业，我定当支持。"这是我公司成立后签订的第一份出版合同。这样一部为友情而出版的诗集，是一本充满了兄长般关爱的书，我一定要为之写下点文字。

刘文斌的新著《我之生》与其说是一部诗集，不如说是一部对生与死这一人生命题进行无尽拷问的沉思录和心灵史。所谓生死，常规来说，是指从来到这个世界到离开这个世界。从精子游向卵子成功结合开始了生，到闭上了眼睛停止了心跳才谓之死。年轻时，我们谈论生死时常常抱"无畏"的态度，三十岁以前如牛犊般，大都会无视生和死，毕竟来日还长，死亡是一件遥远的事情。人生只有过了四十岁，见多了生与死，内心才有了敬畏。对生与死一产生敬畏，心才会柔软起来。我们就会明白，从生到死这一段旅程，说长也长，说短也短。也许，我们无力延展生命的长度，但可以紧紧把握和创造生命的宽度与广度。生与死从来不是一种对立关系，生与死一直是一对好兄弟，从来没有分开过。因为有生，死才变得有价值；因为有死，生才变得有意义。从生奔向死，你是一路歌哭，还是一路寂寂无声？选择由你，欢乐和痛苦也都由你……

这些思辨的答案，在刘文斌的长诗《我之生，我之死》里都能找到。这首长诗曾经在一文学网站上隆重推出，立马引起巨大的轰动，不少诗评家纷纷撰文。这也是我这些年读到的震撼我心灵的好诗。之前，我只知他在不温不火地写杂文，也知道他曾经出版过两本港版诗集，但没想到他在诗路上已走得如此广阔。

很显然，刘文斌是个"直肠男"，他的诗如他的为人一样，大都直抒心意，很少婉约做作。除了这首长诗令人拍案叫绝外，在这一部诗集里，他的诗作也大都铿锵有力、积极向上。

在浩繁的文学史中，爱国情怀一直涌动在无数文人志士的心头，古往今来，他们留下无数爱国名篇。刘文斌也写爱国诗篇，如《不要跪下》《啸傲的中国龙》《2012·龙年·中国年》《我的祖国》，这是四首讴歌祖国的诗。曾经雕刻在皇宫柱子上和皇袍上的龙是昏聩的，革命的燎原之火燃醒了沉睡的东方巨龙。而在 2012 年的龙年，诗人更是放声歌唱，通过古今对"龙"的不同认识和理解，龙的精神被他诠释得无比透彻。这也为诗集涂上了明亮的主色调，奠定了传播正能量的基础。我们做人、写诗，就是要有自己明确的主张。一个人能把对祖国的爱通过诗歌进行传播，这人一定是正直的，这诗句读来也是温暖的。

在这本诗集里，还有几个组诗值得我们品味。如《中国书法之随想》，用诗歌将汉字的演变过程——道来，从历史到现代，写尽甲骨文、篆书、隶书、楷书、草书、行书的风采。用诗歌的语言来书写中国伟大的书法艺术，并且还写得如此气势磅礴，这需要对这一传统文化有多热爱。当然，这也与他的夫人是一名书法家有关，正所谓爱屋及乌吧，把老婆的所爱用诗的语言加以仔细描摹，这爱要有多浓就有多浓。一个诗人不写几首情诗献给爱人，绝对不是个好诗人。在这本诗集里，我们也没找到一首明确写给爱人的诗，但这一对中国书法的"随想"诗，应该比情诗更深情。所有的诗人都是情种，刘文斌也不例外。

《光的合奏曲》，是一组写光的组诗。星光、佛光、灵光、阳光、灯光、X光、月光、目光、萤火光、烛光、火光，一个诗人把光写得如此透彻，这需要多么敏感的题材捕捉能力啊！他写《小麻雀》，晒谷坪的小麻雀、停在电线杆上的一群麻雀、冬天里觅食的麻雀，一定是不同方位、不同季节、形态各异的物体在诗里跳跃，而不是单一的、静态的点滴叙述。他写《泥土四曲》，从砖、瓦写到罐、瓷，从泥土的肌肉、骨骼直写到精神。他一组写野菜的诗，也让人耳目一新，苦菜、野胡葱、香椿芽、蕨菜，这些我们童年熟悉的味道，都是来自故乡、母亲的满满的爱。

刘文斌的诗大都是具象的，哪怕是写历史，也一定会回到现实中。他一边走，一边观察，一边写，一边思考。而他的一首写女儿出生的诗《感悟生命》，则更具在场性。"从楼梯口到产房门前/是一条二米四宽的走廊/铺着四块六十厘米正方的瓷砖/走过去是十步/走过来还是十步/来来回回/我走过去，走过来/透过门缝，不时朝产房里瞧"，一个马上要为人父的男人形象立马呈现。这个在产房前焦急等待的诗人，写给即将降临这个世界的女儿的诗也是别具一格，他刚开始很担心，甚至不忍心让孩子来到这个有些纷乱的尘世，但是，"等你睁开眼睛看这个世界/你纯净的眼睛里世界一定是纯净的/你会爱这个世界的/因为你相信一切都是美丽的/我又再次爱上了这个世界"。女儿的出生，让一个父亲从等待到焦虑到再次爱上这个世界，这种情感的奇妙变化只有诗人才能捕捉体验得到。

关于生与死，英国诗人兰德暮年写过一首著名的小诗。杨绛先生很喜欢这首美丽的小诗，曾将它翻译成中文，并作为她晚年的散文选集《杨绛散文》（1994年浙江文艺版）卷首的题词："我和谁都不争，和谁争我都不屑；我爱大自然，其次就是艺术；我双手烤着，生命之火取暖；火萎了，我也准备走了。"这首小诗表现了一种通达从容、积极乐观的人生态度和宁静淡泊、铅华洗尽的人生境界吧！

但愿我们都能如此面对人生！也祝愿诗人刘文斌能写出更多荡气回肠的诗歌！

是为序。

（张立云系知名公益阅读推广志愿者、出版人。现任潇湘悦读文化研究会会长、云上雅集出版机构负责人。十多年来，已策划全民阅读活动数百场，出版图书千余部。）

目录
MU LU

我之生，我之死（长诗） ………… 001

把门打开 ………………………… 088

春 ………………………………… 090

不要跪下 ………………………… 092

啸傲的中国龙 …………………… 095

2012·龙年·中国年 ……………… 100

中国书法之随想（组诗）………… 104

我的祖国 ………………………… 119

邂逅一场雨（组诗）……………… 123

缘之酒，酒之缘 ………………… 126

致敬，以生命的名义 …………… 128

鬼火 ……………………………… 131

杀鱼 ……………………………… 133

历史 ……………………………… 135

感悟生命（组诗）………………… 137

人到中年（组诗）………………… 141

光的合奏曲（组诗）……………… 146

十五的月亮	156
再别龙溪河	158
十字路口	160
怀念海子（组诗）	162
捉泥鳅的光屁股小孩	166
小麻雀（组诗）	169
大筐小笆	173
泥土四曲	176
野菜素描（组诗）	183
尘土飞扬（组诗）	190
灯，光，夜（组诗）	193
浴	196
茧	197
老去	198
当我老了	199
我需要一把躺椅	200
站在三十三层的楼顶上	202
谢谢你，陪我走了这一程	203

自信生死连万世　真我总被众生扬

	塞宾的左手	205
火光	高峻森	210
简评《我之生，我之死》	金川	221
编辑、文友点评《我之生，我之死》		225

我之生，我之死（长诗）

1

漆黑的夜，抚摸着深深的海
遥远的天空在海水上痉挛
有谁知道，这是新的一日
一个生命在苍天的子宫着床
不愿降临世界的我是谁
光芒从天而降穿透了海水
那是我——伟大的诗神
赤热而透明的心
从海上升起，就像耀眼的恒星

2

我是太阳的精子
我是月亮的卵子
日之阳，月之阴
天之魂，地之魄
那是我心脏跳动的脉搏

我之生

我在浩瀚的宇宙降生
银河是我出生的产房
没有一个肉体和灵魂在激烈的风云中
为这生命的芭蕾鼓掌

3

寥廓万物的灵魂需要净化
混浊世界的灰尘需要清除
目标是行动的源泉
使命是肩负的道义
在无边无际的时间与空间
一声洪亮的啼哭贯穿
一个婴儿的第一声啼哭
这是诗神降生的声音
如黄钟大吕般恢宏，振聋发聩

4

远方闪电滚滚而来
劈开了云，劈开了海水
婴儿的诗神从太阳的襁褓中降生
在海的地平线站立起来
稚嫩的小手握着智慧的钥匙
开启文明和思想的未来
洁白而庞大的翅膀瞬间舒展
驮起人类的梦想与明天的天堂
穿越风的呼啸，飞翔着奔向人间

5

宇宙并非因我的诞生而扩大
却为我的到来而精彩
世界不会因我的死亡而缩小
却为我的离开而悲伤
我的声音先于我来到人间
我的灵魂早于我进入天国
我的肉体只是灵魂暂时的居所
肉体消失而灵魂永恒存在
未来世纪的历史在我的灵魂中续写

6

闪电霹雳，照亮黑暗大地
惊雷轰隆，响彻九重云霄
狂风凛冽，卷起飞沙走石
暴雨淅沥，淋透山川田野
我不会收拢那已经飞翔的翅膀
倾盆大雨淋不湿太阳的羽毛
一切时间都是创造幸福的起点
一切空间都是成就大事的机缘
使命就是飞翔直至重塑人间

7

我生于天地，长于日月

我之生

天地中来,魂归日月
餐寒风食淫雨
滋养我的赤子之心
饮日光喝月晖
茁壮我的浩然正气
我是创世主忠诚的代表
独自领略寒风暴雨的景象
因为心中神圣的使命

8

穿梭在天地的时空里
知道了自己只是天地间的一粒尘埃
奔走在广袤的自然界
明白了自己绝非宇宙中的万物主宰
虽然微不足道,却也绝不可少
我不是简单地来到人间
光荣的梦想引导人类开创未来
我要创造一个精神的新纪元
以及一次史无前例的意识革命

9

黑夜孕育了我,我却在阳光下诞生
黑色的头发隐藏我闪亮的思想
黑色的眼睛指引我去播撒光明
鲜红的血液从心脏流向周身的肉体

那是太阳的精粹在我的体内涌动
向四面八方的空间辐射
闪电惊雷为我的到来致意
暴风骤雨为我的飞翔让路
我的生命属于世界,属于人类

10

我在东方降生
黑土地的小麦,红丘陵的稻米
北国的冰霜,南方的雨露
强壮了我的筋骨,给了我力量
我是炎黄的后代,我是龙的传人
中华民族的血脉遍布我的每一个细胞
同胞滚烫的情感灼痛我的每一根经络
我生于斯土,死于斯土
我的肉体必将是这块土地的一部分

11

我是母亲的儿子
母亲的乳房是我曾经的粮仓
乳汁是麦子,乳汁是稻谷
乳汁是母亲婴儿时就储存的精血
乳汁是母亲的青春和未来
乳汁是宇宙最美味最营养的物质
但我不只是母亲的儿子

守护母亲的身边不是我的唯一
大自然才是我永远的母亲

12

我是父亲的延续
父亲的精液是我生命的起源
精液是骨骼,精液是气魄
精液是父亲家族遗传的生命符号
精液是父亲的昨天与明天
精液是天地间最阳刚最豪迈的气质的代表
但我不能只是父亲的延续
实现父亲的理想不全是我的目标
人类幸福就是我的使命

13

我是祖国的公民
祖国的文明是我毕生的追求
文明是尊严,文明是健康
文明是祖国五千年的一脉相传
文明是祖国的历史和将来
文明是民族心中最艳丽的花卉
但我不只是祖国的公民
祖国繁荣并非我全部的抱负
万物都是我心中的祖国

14

我是父母爱与情的结合体
也是他们爱的负担与粘合剂
他们创造了我，我只想创造世界
逝去的每一刻如同东去的江水
转世和投胎在分秒间发生
成长的故事饱含眼泪和欢笑
天真的童话总有王子和公主
超越灾难与美好结局
已经在记忆中成为一种定式

15

黄河孕育了黄色的民族
黄土赐给了我黄色的皮肤
黄米黄豆还有那金黄的秋天
赠予我黄色的王冠——尊贵
黄帝是我的起源，黄泉是我的归宿
黄皮肤的中国人都是我的兄弟姐妹
我爱这普天的黄色，丰收的黄色
可我不只是爱黄色
五彩斑斓的天地都是我的空间

16

婴儿时的咿呀学语依然感怀

国语的抑扬顿挫倍感兴奋
之乎者也,古人说话真正文雅
金木水火土,天文地理随意翱翔
知识是智慧的基石
智慧是知识的升华
从不奢求穷尽人类的各种知识
但愿拥有高深的智慧
为世界解决一个又一个难题

17

我本是宇宙间的一个粒子
飘浮在浩瀚的天空
与星辰相伴,与日月为伍
穿梭在时间的隧道中
风暴铸就了我强壮的筋骨
冰雪磨砺了我坚定的意志
超越灾难驾驭自然规律
在接近神秘天道的过程中
不断修炼不断完善自我

18

我从泥土里脱胎
天生就有泥土的肤色和本质
朴实本分并非我的全部
善良坚忍亦非我的一切

在劳动的节奏里挥洒汗水的温度
在生活的韵律间拨动爱情的琴弦
歌颂劳动吟咏爱情
这是缪斯与生而来的两大禀赋
任何力量都不能改变我

19

我的根茎已经深深植入大地
我的枝叶也在天空极速扩展
融入自然
在自然的怀抱隐身呼吸
不是逃避，也绝不会逃避
我的降临就是一种革命
即使电灼火烧
纵然雷击斧劈
本色的我依然声音嘹亮

20

渺小的我比刚受孕的生命还小
远古的我比侏罗纪的化石还老
有着凡夫肉身的我
只是沧海中的一粒尘埃
在人世间历练一种意志
天降大任传播真善美的大道
混沌的世界需要驱散重重的迷雾

黑暗的阴霾需要无私的阳光穿透
我将挥舞诗歌的利剑执着前行

21

白昼的时针悬挂着我的预言
黑夜的秒针闪耀着我的冥想
时间飞逝在三百六十度的圆中
周而复始地旋转
为一个简单重复着真理的箴言
没有人能够留住时间的脚步
肉体的死亡是必然的归宿
无论尊贵还是卑微
死的公正就是唯一的态度

22

你我都是自然的一部分
高贵的生命容不得丝毫践踏
不要想象阳光总是伴你左右
风霜雨雪更让生命丰富多彩
能够降临世间已经不易
肩负着你我共同的梦想
让我这颗通明的心
在寻找抵达智慧的乐园中
释放万物心间的困惑

23

巨大的鹰在风雨的天空翱翔
黑色的翅膀扇出气势磅礴的舞蹈
天雷与闪电
恰如其分的击节与伴奏
令蜷缩在暖巢的燕雀无地自容
如黑色的鹰一样
我驮起鸿鹄的志向和闪烁的星光
飞翔在无边的黑色里
把一个个困难的坚石粉碎

24

苍天是我巨大的一只翅膀
白云飘浮在我绒绒的羽毛间
大地是我巨大翅膀的另一只
江海为我洁净羽毛的灰尘
我飞翔在乾坤间
没有谁能迫使我停止飞翔
我飞行在众神之上
没有谁不仰望我的气概
因为我承载时空的荣辱和起伏

25

我汲取天地灵气而生存

品饮甘露餐食辉光
借天地之气而成自我之灵性
凭圣明之觉而增自己之智慧
采东海之晨晖而沐浴心灵
取西天之晚霞而映照思想
我的肉体矗立在广袤的大地
我的灵魂高翔于深邃的太空
我的声音回荡在悠长的岁月

26

我是日月共同的精华
我是圣明虔诚的使者
并非孤独一人
在探索真理的大道上
上苍不会抛弃我
时刻鼓励并引领我
我知道只有勇气是不够的
开创未来的文明
圣明的旨意更为重要

27

我的一切都不是为了我自己
虔诚的行为一定会感动上苍
苦思冥想只为找到文明的真谛
清修苦练就是探寻自然的和谐

不要笑话我的痴迷
我的真情无人能比
在诗歌的王国我就是国王
启迪人类的智慧和思想
那是我诗神至死不渝的使命

28

我不害怕孤独的折磨
寂寞更能让我的思想飞越遥远
我不担忧痛楚的折腾
疼痛更使我明白优胜劣汰的残酷
面对自然的苦难和恶魔的挑战
我从不回避
真的勇士就是要直面淋漓的鲜血
太阳就是后羿箭下的幸存
创造万物的同时成就自我

29

太阳的光辉无与伦比
磨难后的太阳其辉煌不可比拟
我享受着太阳的温暖和滋养
太阳养育了我的肉体
太阳赋予我普天的力量和光芒
我是太阳的细胞,热量的粒子
视太阳为榜样,以太阳为参照

光与热的无私奉献
创造了人类和大千的自然界

30

奔走在人世的空间里
我看到芸芸众生
为名为权为利为色忙忙碌碌
各种丑态尽显
尔虞我诈,狼狈为奸,强取豪夺
置法度和道德礼仪于不顾
挺拔在珠穆朗玛峰的冰峰上
观日升月落,天地变幻
虽有忧心却更坚定了拯救的信心

31

在生活中我只追求简单
奢靡浮华不是我的希望
锦衣玉食不能吸引我
豪宅宝车也不能诱惑我
饕餮山珍海味燕窝鱼翅
暴敛奇珍异宝金银钱财
那只会让人像野兽一样生活
在人世间的盛宴席上
无须为我留下任何席位

32

物质的追求穷无止境
欲望的沟壑无法填满
当绝世珍稀动物的骨肉
成为餐桌的一道菜
当濒临灭绝的野兽皮毛
成为身上的一件衣
我亲爱的人类同胞
智力怎能成为滥杀的武器
把世界变得血腥和残酷

33

追求生活的豪华享受
追求物质的极度占用
人类的发展
已经成为自然的一种灾难
数万种植物
在人类的空间拓展中消失
数千种动物
在人类的滥捕滥杀中灭绝
下一个物种的消失就是人类自己

34

创造世界不是毁灭自己

发展未来不是斩断空间
湛蓝的天空在速度中混沌了
清澈的江湖在发展中肮脏了
鹰翔蓝天都跑进了梦幻里
鱼戏浅底只留在了记忆中
雪峰冰川正迅速地萎缩
沼泽湿地也不断地消失
人类和动植物生存的环境在恶化

35

地震撕裂了人类的家园
火山喷发出滚烫的岩浆
海啸咆哮卷走数万生命
冰雪肆意封锁出行的道路
干旱频频枯死了抽穗的禾苗
山洪携来了暴虐的泥石流
一次次自然的灾害降临
教训了贪婪自私的我们
可麻木的我们是否已经清醒

36

我看到江河撕裂的伤口
我看到山川烧焦的皮肤
我看到海洋愤怒的眼泪
我看到大地冻僵的躯体

我看到禾苗干渴的挣扎
我看到家园淹埋的呻吟
我看到一只只痛苦无助的眼睛
我看到一双双拼命求生的小手
我看到一颗颗四处游荡的灵魂

37

歇息一下吧
那脱缰失控的欲望
人的肉体
只需要一点点物质就能满足
无穷无尽的物欲
会让自己生活在无边的苦海中
人的痛苦
都是自我的想法造成的
解放思想,让自己轻松吧

38

肉体的舒适
带来的不会都是快乐
心情舒畅
才是人生的真谛
过度追求物质的享受
或许会失去更多
人是肉体、意识、灵和魂的组合体

灵的自由魂的安宁
这才是人生的最高境界

39

发展是世界的主题
梦想牵引着人类奔跑的脚步
可追求的终极是什么
当人类直立行走时
地球就注定被智慧的人主宰
但是千万年后
在地球上发言的还会有我们吗
注定只是过客
又何必要悖逆自然与天道

40

惩罚人类的不会是自然
埋葬人类的也不是世界
当我们的行为
从遵循规律演变成征服
自从满足生活过渡到奢侈纵欲
人类已经走在了灭亡的道路上
也许就在明天
也许就在不远的将来
像三叶虫一样被后来者研究

41

我追求真实的人生
我知道那神圣的使命
思想在人生的励志中出世
信念在生命的煎熬里扎根
信仰的骨髓
已经生成在我坚定的意志里
任何诱惑
都无法阻挡我前进的步伐
我要让真理的光芒照射整个世界

42

高擎我诗神锐利的剑
劈开那满天的浮云
送阳光直射昏暗的大地
混浊和腐朽
再也没有藏身之处
淫秽与肮脏
席卷在剑舞的风暴中
将自然的本真恢复
让人类感悟永恒的大道

43

本真是虚伪的掘墓者

正义是邪恶的审判者
本真的我无所畏惧
率直的我包容万象
我的一切都是为了自己的使命
我的一切就是为了光明的到达
斩断所有困扰心灵的情弦
抛掷所有迷惑行动的虚荣
护送光明的道路还依然漫长

44

迷雾遮挡不了我的视线
我的眼睛能够穿透一切障碍
因为我用心灵感悟世界
锁链捆绑不了我的身体
我的思想在乾坤间自在飞翔
谁也无法禁锢自由的思想
任何冰峰阻挡不了我的脚步
我的信仰已经浸入骨髓
唯有逾越才是我前进的旗帜

45

春天缤纷是寒冬孕育的结果
果实累累只因盛夏烈日的炙烤
闪电呀,你疯狂地闪耀吧
将魑魅魍魉都照出来

天雷啊，你使劲地震响吧
把妖魔鬼怪都震出来
诗神的剑
要用它们的血来开锋
助我冲破一道道的关卡

46

我知道圣明在乐土等着
等着我率领那些通达的众人
西天取经且有八十一难
我又怎会在乎这区区问题
灵魂的乐土我们一定会到达
往上明达天地法则
与下贯通众生情感
向前融入祖先血脉
之后牵系来者心弦

47

生命对于你我都只有一次
浑浑噩噩糊里糊涂是一生
只争朝夕勤奋劳作是一生
穷奢极欲贪婪成性是一生
朴素清廉平平淡淡是一生
不论你是精彩还是平凡
不论你是权贵还是平民

物质是你不能带走的累赘
精神是你留给后世的纪念

48

展开生命的翅膀
跟随我飞翔
朝着光明的乐土
那是太阳永远不落的地方
那是黑暗无法莅临的世界
没有风雨没有冰霜
天朗日丽花香鸟语
没有国界没有贵贱
平等自由潇洒自在

49

人类应该奔向自由的乐土
地球本是所有动植物的家园
权贵的贪婪与自私
划分区域谓之国家将资源瓜分
你我本是同胞
种族民族氏族家族的概念
成就了王权贵族的欲望
跟随我飞翔,善良的人啊
我要让你聆听到欢快的诵唱声

50

喧嚣的尘世如此纷乱而无常
远古的民谣渐渐远去
谁来安抚你我浮躁的心灵
是上帝，佛祖，还是……
圣明的声音如此悦耳动听
仿佛我已经回到母亲的腹中
享受那无我的欢乐
在飞翔中感悟到了非常的天道

51

人生只是一场梦
你我都是匆匆的过客
噩梦醒来依然还是温情的早晨
黄粱美梦终究会消失在睁眼的刹那
或许有梦人生才会充实
我就在幻梦中度过了来生
天国的黎明与黄昏没有差别
白昼和黑夜你也无法去区分
圣明的阳光总在那里照耀

52

宇宙在自己的轨道中转动
地球则在绕日公转和自转中冲突

地壳被撕裂成一块块碎片
它们相互碰撞发出咆哮的怒吼声
可怜的人间顷刻就成了地狱
哀鸿遍野,一片狼藉
永无止境的政治斗争和资源掠夺
将美丽的烟花制成恐怖的炸弹
在宁静的村庄随意屠戮孱弱的生命

53

跟随着我飞翔,不要停止
圣光照耀在你我的身上
前面就是自由快乐的乐土
你看那鸟虫交欢,花蕾受孕
你看那鱼鹰合唱,人兽同乐
那里没有仇恨,没有痛苦
一切都是那么和谐
一切都是如此安逸
那里就是真正的世外桃源

54

欢乐激情孕育了爱的生命
那精灵从缪斯的宫殿奔出
在我的笔尖超然临盆
一行行充满诗意的文字
被闪耀的灵感指挥着

整齐而有节奏地排练着舞蹈
动听的旋律，优美的舞姿
随着那荡漾的光芒弥漫开来
将我沉醉的诗句如花一样绽放

55

和煦的风送来了春的脚步
满山遍野写满姹紫嫣红
缤纷的色彩涂抹着大地
憧憬的希望播种在田野
湛蓝的天空燕雀随意飞翔
清澈的江溪鱼虾自由自在
天真的小兽欢乐得滚来滚去
你不敢想象那里春天的和美
一年四季都是春天的景象

56

夏日的阳光没有丝毫的灼热
仿佛妈妈温柔的手抚摸着你
金色光芒催开了朵朵花蕾
扑鼻而来的花香沁人心脾
蜜蜂和蝴蝶翩翩起舞
蟋蟀与蝈蝈欢鸣唱和
大树撑开浓密庞大的树冠
小草舒展蓬勃茂盛的叶脉

那里的夏天依然是春天般温暖

57

金黄是秋天的标志
可乐土的秋天却是五彩斑斓
金风阵阵
传来前所未有的丰收景象
红的果绿的实
沉甸甸的稻麦金灿灿
喜悦的笑声回响在天穹
时间竖起敏锐的耳朵
聆听来自人类遥远的声音

58

那里没有寒冷的冬天
冰冻霜雪从来不去光顾
听不到凛冽的风声
看不到枯黄的叶片
近了,我们已经接近乐土
你看,圣明在那儿招手
未来世界就在眼前
缪斯坐在竖琴边
吟诵着歌颂太阳的诗歌

59

我们来了,自由的乐土
舍弃过去的贪心和私欲
让精华流回自己的内心
让精魂飞到深邃的天空
让精神播撒繁杂的人间
我们需要重新开始崭新的生活
给自己的思想一次放纵
给自己的心灵一次洒脱
给自己的境界一次高远

60

未来的世界诞生于今天的一刻
远方的回声震响在将来的岁月
时间忘却的都是死亡的昨天
时间传送的都是不朽的作品
在人类通往理想的道路上
这些艺术和思想的结晶
不断给人类指明了前进的方向
伟大的诗神
用智慧创造了新的纪元

61

思想是无法禁锢的雄鹰

我之生

在通往未来的世界里飞翔
生命是一首铿锵的歌
谱写的是坚守信念的曲
每一秒的逝去都是一种死亡
竖琴离开了琴弦
如何弹出优美的旋律
诗人离开了吟诵
怎能抒发不朽的诗歌

62

我始终保持着疯狂的激情
诗人的笔尖下
流出的都是道德的血液
每一笔每一字
写下的都是灵魂的呼唤
诗人的骨髓里
生成的都是正义的细胞
面对腐败和邪恶
诗人不会有丝毫的退缩

63

我不会背叛诗人的使命
因为走过的弯路谁也无法拉直
我不会放弃诗人的理想
因为自己的出生谁也无法改变

生命赋予我诗人的桂冠
捍卫诗人的荣誉
我要和缪斯在一起
在宇宙的空间
撰写出正义和真理的篇章

64

我的诗歌写在大地上
就像春天的小草郁郁葱葱
我的诗歌写在天空中
就像黑夜的星星闪烁光芒
从脊梁里跳出的诗行
写下的都是诗人的铮铮铁骨
从血液中流出的情感
抒发的都是诗人的满腔热忱
因为诗神就是我自己

65

为了你我的梦想
我在疯狂地创造
连骨骼都在燃烧
连血液都在沸腾
我知道唯有不停地创造
圣明的光辉才能抵达世界
因为内心的污垢

需要用智慧的泉水来洗涤
思想才能分娩在高远的境界

66

我的诗歌不再是儿女情长
纯粹的抒情只会让我多愁善感
我的诗歌不再是鸟语花香
田野的迷恋只会让我柔情似水
我的诗歌不再是云蒸霞蔚
云游的天空只会让我迷失方向
我的诗行都是粗粝作响的竹鞭
如同狂飙时的雷鸣电闪
令一切魑魅魍魉都战栗发抖

67

我的诗歌生长在泥土中
根茎深深植入大地的内核
自然的灵气
不断融进我的诗行
我的诗歌飞扬于穹宇间
音韵震颤穿透苍天的心底
天地的精魂
时时注入我的诗魂
为一切真善美唱出恢弘

68

如果你悲观沉沦
请你高声朗诵我的诗歌
因为我的诗歌
如同山涧的清泉甘甜纯净
如果你身心疲惫
请你细细品饮我的诗歌
因为我的诗歌
就是稀世的珍茗醇香沁人心脾
蕴藏着振奋精神的正气

69

我是诗神,我是缪斯
我的眼睛能够穿越一切
我的耳朵能够倾听一切
我的心脏能够聚焦一切
我的意识能够感知一切
我传播光明
黑暗看见我就会逃逸
我播散热量
寒冷遭遇我就会消逝

70

不要怀疑自己的能量

其实你就像水一样
懦弱时谁都能戏弄你
爆发时却能毁灭一切
点燃隐藏心底的梦想吧
让自己的追求熊熊燃烧
给思想装上翅膀吧
将自己从禁锢的观念中解放
自由飞翔在本真的宇宙中

71

我全部的爱浸入我的诗行
每一个字都是灵魂的足迹
我所有的情融进我的意志
丝毫的私欲都会令我羞愧
就像一个晶莹透明的灵魂
所有的光芒找不到它的影子
爱是力量，牵引我冲破黑暗
情是精神，感召我奔向光明
为了荣耀，诗人永远不会停歇

72

跪着不会是站立的形式
站立了，才能挺起笔直的脊梁
匍匐也不是行走的姿态
双足踩实了泥土，才留下脚印

每一种生存都喻示了一次经历
无论辉煌，无论平淡
即使岁月无痕
在生命的每一个细胞代谢里
记录了生与死的交替

73

在诗人的字典里
你找不到卑微的死和苟且的生
山涧的水从悬崖处跳下
才有了瀑布的壮观
荒漠的沙子在狂风中舞蹈
终在苍凉原野写下浩瀚
人的一生
不过是三万余次的日出日落
为何不让灵魂自由

74

故事总是被后者诉说
欢笑和眼泪
却无法延续故事人物的时光
每一个匆匆而来的生命
又有多少能够成为传说的故事
不羡慕力拔山兮的盖世英雄
不仰望主宰沉浮的帝王将相

云烟中纷纷散去的
不都是茶余饭后的说笑吗

75

阳光穿透诗人的灵魂
将生命的真谛
在诗行跳跃的轨迹中演绎
生的呼吸
被欲望的尘埃堵塞了路径
窒息之后就有腐烂
啃噬肉体的细菌
始终不能理解自由的思想
与阳光一样永恒

76

为生而奔走
芸芸众生重复那共同的行为
多少达官
因权力大小的争夺而嗜血
多少富贵
因金钱叠加的多寡而阴险
多少贫民
因一日三餐的饥饱而煎熬
却不给灵魂留下出口

77

不会有痛苦的眼泪
不会有悲鸣的呻吟
灵魂，自由的灵魂
只在思想者独自的空域翱翔
即使是孤独的舞步
在黑暗中总有一缕光芒跟随
魂兮归来，魂兮归来
千百年的呼唤声
至今还在汨罗江上萦绕

78

滚滚的流水
依然沿着自己的节拍前行
士大夫的《天问》
在五月初五的洪水中
化作了楚国的艾草
悬挂在百姓的门庭驱逐邪恶
"哀民生之多艰"的泪水
浸湿了一部《离骚》
至今还有滴滴的泪水渗出

79

高傲的灵魂

终究孤独了屈子的肉体
八百里洞庭
在五月的天空密布乌云
连绵的阴雨
将哀思寄托于汛期的湖水
为民而呼
为何回声只在苍野之间
到不了王者的心里

80

没有人知道权力的真实想法
民为重，君为轻
只不过是孟子良好的愿望
帝王的座椅下
铺着一层层贫贱的白骨
放弃吧，我的兄弟
不要让权力的枷锁勒住灵魂
抛弃一切世俗的欲望
跟随我抵达灵魂的乐土

81

一个没有灵魂的生命
不可能进入神圣的殿堂
一具没有灵魂的躯体
逃不脱细菌的吞噬

腐败腐烂是最终的结局
尸体冰冷僵硬
那是因为灵魂已经脱窍
为了你的永生
跟随我寻找灵魂的居所

82

有活着的人已经死了
有死了的人却永恒地活着
但并不是所有的人都如此
因为灵魂的有无
高尚与卑鄙
将生与死彻底切割开来
给自己的肉体注入灵魂的基因
让真善美的阳光滋养着
随你的生命萌芽、发展、壮大

83

不要害怕苦难
苦难是生存的一种状态
从出生的啼哭
就已经预示了未来的人生
缺乏苦难的人生
如同一道没有咸淡的菜
索然无味

每一次欢笑之际
总有苦难的泪水流淌

84

不要承认失败
人的一生是漫长的行走
成功与失败
不过是一种谎言而已
人生的字典中
不要查找成功失败的含义
坦然面对生命的赠予
享受属于自己的一分一秒
跟随心灵的声音行走

85

或许成功的掌声
让人陶醉
或许成功的花环
让人艳羡
权力、金钱、地位
都是你成功后的果实
可却会让你失去生命本色
戴上成功的枷锁
你会跌进贪婪挖掘的陷阱

86

追求美好
不是对欲望的无止境满足
真正的人生
是在简单中享受自然的赋予
扭曲人性的物欲
最终也会将自己埋葬
人类啊
去聆听圣音的启迪吧
回到生命的初心

87

我不会拒绝爱情
我本身就是爱情的结晶
父之爱，母之情
造就了一个生命的诞生
但我不会陷入爱情的网中
负重的情感
会让天才也变成傻瓜
面对爱我的和我爱的人
我会把爱深埋于心

88

我在爱中诞生

也将在爱中死亡
原谅我的爱不能只给你
我的女人
你炽热的爱焚烧了我的斗志
我害怕掉进美丽的陷阱
忘记了肩负的使命
我害怕刻骨铭心的感情
沉重的心无法飞翔

89

我的爱是旷达高远的天空
托起自由的灵魂
我的爱是深沉浩渺的大海
承载孤独的思想
这爱如同太阳的光芒般永恒
温暖着冷若冰霜的心
爱情眷顾了我
可在我的爱情里
不会是自私的缠缠绵绵

90

或许有人会拜倒在"石榴裙"下
为爱为情痛不欲生
或许有人泛滥爱，放纵情
殊不知多少悲情隐伏在此

殊不知多少爱恨因而转换
爱要点到为止
情要适可而行
切不可因为爱与情而生恨

91

人生如梦，人生是梦
爱与痛，情与恨
在阳光穿梭的隧道中
你感受不到痕迹的存在
多少故事
都在杯盏之间轻描淡写
多少成败
都在笑谈之中化作云烟
放下一切，让心飞翔

92

跟随我一起飞翔
不要眷念往昔的富贵
那逝去的如同死亡的尸体
已经散发出腐烂的恶臭
不要回首昨日的荣光
花开花谢都是一瞬间
丝毫不会被记忆留下
不要憧憬未来的辉煌

负重的生命怎能自在飞翔

93

斩断所有的情弦
不要留下一丝的牵挂
抛弃所有的虚荣
不要迷恋虚无的名利
丢掉所有的杂念
不要禁锢自己的思想
卸下所有的束缚
让自己的灵魂赤裸裸
圣洁的乐园等着你

94

飞翔,跟随我飞翔
穿透那一层层迷雾
阴霾和黑暗
恐吓不了你的意志
飞越那一座座高峰
狂风与冰雪
阻碍不了你的信念
一切困难算得了什么
只要灵魂抵达圣洁

95

生是活着的一种状态
失去圣洁的灵魂
肉体就是一副躯壳
各色的欲望就像尘埃一样
遮蔽了灵魂的呼吸
世间的人啊
时刻都在重复着一个动作
贪婪的牙齿
不停地撕咬着名和利

96

其实,有着思想的人
早就明白
自然界赋予的主宰力量
不是满足个人的私欲
人的强壮
并不需要太多的食物
人的冷暖
也不需要奢侈的锦缎
灭绝的生物在等待人类的忏悔

97

舒展翅膀,让生命飞翔

朝着太阳的宫殿
将一切腐朽污垢燃烧
罪恶的邪念、自私的想法
在阳光下暴露无遗
沐浴着阳光
洗净尘世中沾染的灰垢
纯洁的灵魂
才能在乐园里自在遨游

98

听，悠扬的圣音
那是缪斯吹奏的歌声
圣音让一切都屏住呼吸
圣音让一切嘈杂都宁静了
圣音就像甘甜的泉水
润泽干涸的心田
圣音就如母亲的子宫
孕育伟大的生命
圣洁从此开启

99

看，纯洁的圣殿
一群睿智明达的先哲
或闭目养神，或逍遥自在
或相互攀谈，或游乐嬉戏

他们通体透明毫无拘束
全然没有世间的繁文缛节
这里没有尔虞我诈，欺世盗名
这里没有争权夺利，强抢豪夺
这里是圣洁的乐园，灵魂的居所

100

生即是死，死也是生
生是死延续的过程
死是生循环的开始
过去的那一刻已经死亡
却在记忆中生存了
每时死亡的是肉体和意识
每刻生存的是思想和灵魂
肉体死亡重新进入物质循环
灵魂不朽才被岁月传承

101

不是所有的人都有灵魂
不是所有的死亡都被纪念
出于亲情或者友情
我们去悼念某位死去的人
偶尔也会在清明时节
燃炷香，献束花进行祭奠
但时间会要我们忘记他们

可有些人岁月记住了
不是因为伟大而是因为邪恶

102

不要以为被记住了就是好事
罂粟花漂亮却被制成了毒品
邪恶被记住是为了批判
也是为了某一种警醒
恶被惩，罪被罚
死亡之后也逃不脱鞭笞
秦桧跪了千年还要继续
和珅死了百年仍被臭骂
世间作了恶又怎能躲避惩罚

103

不，不要畏惧死亡
只有邪恶才害怕死亡
只有懦弱才恐惧死亡
正义者会直面死亡
勇敢者会战胜死亡
即使死亡了也是肉体的灭失
灵魂却在刹那间获得解放
死亡之于生命
如同诞生一样

104

每一个生命
都逃脱不了肉体的死亡
每一个人生
都必然依附一个灵魂
我要永远保持躯体的纯洁
我要永远摒弃思想的虚伪
我要永远剔除心中的丑恶
让这颗灵魂如阳光一样圣洁
因为这是力量的源泉

105

仰望遥远的远方
远方是无边无际的远方
俯瞰幽深的深渊
深渊是深不可测的深渊
在人的生命中
欲望是无边无际的远方
诱惑是深不可测的深渊
穷尽一生追求
至死你也无法抵达

106

尘埃中一只手拾起一具尸体

冰冷的尸体
静躺在他右手的掌心
他凝视着，端详着，思考着
阳光洗浴着尸体
一具瘦骨嶙峋的尸体
一具疲惫倦怠的尸体
一具蚁噬蛆涌的尸体
一具化作泥土的尸体

107

这是一具因何而来的尸体
无数个疑问搜索着答案
数不清的眼睛围观着
是自然老死还是少年夭折
是自杀、是意外或者死于他杀
猜测之后谣言四处传开
什么因触犯法令制度而被处死
什么因个人恩怨而被仇敌所杀
什么因恶事做绝而招致横祸暴尸

108

呜呼，死亡之后还要被侮辱
尘世的丑恶令我无法承受
逝者为大，死者为尊
这不过是欺世的谎言

一纸悼文诠释死者的生平
溢美之词总在盖棺前宣扬
一把黄土埋葬了曾经的生命
一块墓碑诉说着过去的故事
多年之后唯有杂草陪伴

109

我不会刻意逃避死亡
也不会轻易放下生命
和先哲一样清晰
生是死，死是生
物质不灭，只是转换了形式
燃烧吧，我的尸体
这个在人间演出的道具
我要拥抱火
这是太阳的灵魂

110

火，熊熊燃烧的火
噼里啪啦——
这是毛发燃烧的声音
这是皮肤燃烧的声音
这是肌肉燃烧的声音
这是骨骼燃烧的声音
像烟花冲上云霄的声音

像儿时灿烂的梦幻
血液在哪,灵魂在哪

111

我喜欢火,我热爱火
火是光明,火是温暖
火是能量,火是激情
火将一切黑暗驱走
火把一切腐朽焚烧
火让一切觊觎远离
燃烧我吧
就像燃烧一片写了诗歌的纸
给寒夜的流浪汉一点热量

112

那屋顶跳跃的火焰是我吗
不,那不是我
我不需一砖一瓦庇佑肉体
可那是我的兄弟,我的姐妹
你可知道火燃烧的疼痛
可有人却喜欢
闻那肉体燃烧的香味
像闻一支檀香点燃的香气
这香气正在四处弥漫

113

那广场滚动的火团是我吗
不,那不是我
我不会采取这种方式去要挟
也不会成为某个团体的道具
拙劣的表演和无谓的牺牲
只会遭到痛斥和嘲笑
为了一种利益交换
接受火刑的煎熬
岂不亵渎太阳的光辉

114

来吧,火
焚毁一切吧
焚毁一切使人疯狂的欲念
焚毁一切令人失控的罪恶
火,越燃越旺
让一切丑陋原形毕露
在火中,在光中
灵魂在升腾,升腾……
它飞向了遥远

115

燃烧后的地方

我之生

一堆灰烬
静静地躺在那里
一位老人
从灰烬中取出白色的物质
一根骨头
装进了精致的木盒
一阵风吹来
灰烬扬起飘向远方

116

凶悍的闪电
照亮了远方，远方一无所有
灵魂要去的地方
在比远方更遥远的远方
路途遥远
孤独的灵魂等待另一颗孤独
飞翔了二千年的屈子之魂
从未抵达圣洁的乐园
他在等待，等待诗的王子

117

汨罗江的水依然向西
八百里洞庭水啊今有几许
怀抱屈子
怀抱一颗孤独高傲的灵魂

以诗歌的名义
将缪斯的圣音传诵
多少年来
一个又一个追随而来
像回到母腹中，回归生命的起点

118

我请求下雨
在这个炎热干旱的季节
汨罗江的水
被蒸发被肆意抽取
沉降的河床
载不动沉甸甸的灵魂
我想沉入水底
和老舍投入未名湖
同戈麦自沉万泉河

119

我的生命起源于水
我在母亲子宫的羊水里生长
在人间的第一口食物
是从母亲乳房中流出的水
那甘甜的乳汁
是从母亲血管中流出的血液
离开了水

我就是一片干枯的叶子

120

地球上所有的生命都与水有关
没有了水不会再有生命
我要汇入水中
将肉体交还给水,成为它的部分
柔和的水会吻遍我的肌肤
像婴儿时母亲手的抚摸
像青春时恋人嘴唇的亲吻
在抚摸中关闭我呼吸的细胞
在亲吻时窒息我膨胀的神经

121

你看,鱼虾在我身边嬉戏
水草在编排庆祝的舞蹈
这是它们的盛宴
腐烂的肉体吸引了浮游生物
细菌大量繁殖
一点点啃噬这具庞然大物
静静地漂浮在水面上
随着水流的方向慢慢漂移
阳光下腐尸散发出阵阵的恶臭

122

一把抓钩
或者一根竹篙
或许会被法医的刀
进行解剖、切片
然后
装进编织袋
送往火葬场完成归宿
没有人会问这是谁

123

哦,水啊水
溪沟江河的水
湖泊海洋的水
隐藏罅隙居住高山
流淌地下飘荡天空
那晶莹剔透的水啊
可是哪位先哲的灵魂
你洗涤污垢,你养育生命
我愿在你的怀中死去

124

死亡的隐伏让生也窒息
碎石瓦砾源源不断

草地被填埋
湖泊被填埋
钢筋水泥侵占掠夺
水在愤怒,自然在呻吟
所谓的工业文明
所谓的农业科技
一切都让水承担着恶果

125

比江湖宽阔的是大海
比大海宽阔的是天空
比天空宽阔的是我的心
一百多年前
一个中国南方的青年
用自己的方式
在侵略者的国度蹈海了
他要用死亡唤醒一个民族
一个在屈辱中沉睡的民族

126

和他一样
我走进了大海
海水没入了膝盖、腰腹、头顶
我看见一条大白鲨游来
从天空与海洋处向我游来

它张口吞下了我、酒瓶、香烟盒
还有一个大大的橡胶轮胎
它会消化我的肉体
可酒瓶、香烟盒、橡胶轮胎呢

127

不可否认有一种可能
行走在某座城市某条街上
因为仰望遥远的天空
脚下踩空跌入无盖的流泥井中
或者某天的某个时刻
行走在一座桥上
桥突然坍塌，我随之掉落
如果这样失去生命
我的灵魂将在这里徘徊

128

这是怎样的地方
连行走都会遭遇不测
在冤枉和糊涂中
将生命交给了他人打理
心有不甘却无可奈何
意外，这意料之外
我怎会为生命设防
果真遭遇到这么一次

我也会坦然面对，顺其自然

129

不幸，这是一种安慰
这种不幸似乎随处可见
高空抛下的杂物和跌落的广告牌
施工遗留的深坑和失修的电梯
路边窜出的恶犬和醉酒的汽车
还有那不知名的传染病菌
都会成为我的不幸
不幸的我遭遇了不幸
因为不幸我成了不幸

130

感谢你，神圣的缪斯
感谢你，我的太阳
你让我躲避了一次次不幸
你让我避开了一次次伤害
让我至今还能端坐思想的云台
倾听地层下疼痛的呻吟
和那撕心裂肺般嚎叫的孤魂
让我触摸到那来自圣土的音符
激发我喷薄出高昂的斗志

131

不期待死神过早地敲门
但不希望
生命枯萎时还在做无谓的挣扎
如果有一天
我躺在病床上,像僵死的蛇
请不要切开我的气管
不要插入输液器
在我无意识的时候
请尊重我生命的尊严

132

不要打碎我的宁静
在弥留之际
请给我一点时间和空间
我要独自回忆
回忆和血缘相关的点点滴滴
回忆在空间留下的那些气息
回忆我的过错和失误
向曾经踩过的小草道歉
向曾经吃过的动植物忏悔

133

我不会拖延一秒钟

我的亲人们，我的朋友们
你们也不要为我拖延一秒钟
当死神来敲响我的门时
我会斟满生命的酒樽
盛情款待造物主派遣的客人
不能让它空手而归
把我奉献，让它带走
感谢造物主能让我善始善终

134

死亡，不要用死亡来威胁我
没有价值的生
和没有价值的死意义一样
生，引诱不了我
我不会苟且地活在世上
真理需要我去捍卫
正义需要我去维护
善良需要我去弘扬
恶丑需要我去斗争

135

淫雨纷纷，在黑暗的夜晚
风穿越河谷，穿越阴沉的森林
发出凄厉的声音
恐怖氤氲，我孑然前行

泥泞撕扯着我的脚步
坚定的信念支撑我的步伐
走出去，走出去
任子弹在身边飞行
任猛兽在四周嘶吼

136

这是一个梦境，这不是梦
金属时代，利益纷争的时代
子弹在飞，炮火猛烈
为了绝大多数人的利益
捍卫正义的行为
随时都会被不明的子弹击中
孤独的英雄注定是寂寞的
但英雄的灵魂无须安慰
我不想做英雄

137

一颗子弹飞向了我
在我的胸膛灼烧
血管爆裂，红色的血渗出
汩汩地向外涌
寒冷逼近了我，越来越冷
气息微弱，我再也说不出话
一束光在我眼前忽闪忽闪

越来越明亮
我向着光的方向飞翔

138

在生命结束之前
我希望自己选择死亡的地方
不要在医院，也不要在卧室
那是一个令我神往的死亡之地
这个地方群山环抱
壁立千仞的悬崖
云雾环绕四周
站在崖顶，伸开双臂
像雄鹰一样直飞而下，而下

139

一片翠绿，翠绿的
我想拥抱它
山腰，有一棵树
从石缝里长出
样子难看，跟我差不多
往下，一直往下
自由落体，我听到风的声音
风拂过我的脸
我的脸吻着了山谷，那个石头

140

一只鹰
在天空盘旋,盘旋着
天空中没有云
只有湛蓝湛蓝的蓝色
阳光照射这里
月光也照射这里
这里的草很长很长
不久,这里下了一场雪
厚厚的雪覆盖了我

141

一次一次设计着如何死亡
不要以为我已经厌世
生死,对于我来说没有关联
我是一个没有生死的人
我从出生就开始为死准备
为了人类思想的革命
为了人类与自然界的和谐
我时刻都在准备
准备牺牲自己成全世界

142

我要献出我的一切生命

献出一切所有
献出一切的爱
献出一切希望
就是要告诉人类
善待自己,善待一切生命
善待自然界的一切物质
纵欲是愚昧,贪是无耻
征服自然无异于自杀

143

孩子,我可怜的孩子
放下你的野心,放下你的壮志
今天征服这,明天征服那
战争不是你把玩的游戏
胜利也不是你炫耀的荣誉
停止吧,停止那无休止的屠戮
放弃吧,放弃那沾满血腥的奖章
不要跟我说战争的正义
我的眼里只看到了无辜的死亡

144

孩子,如果你喜欢荣耀
我要拾起一颗颗悲哀的眼泪
串成珠链,像花环一样
挂在你的胸前

我要捡起一根根愤怒的白骨
雕成印章，像玉玺一样
陈列在你的大堂
让这些因争夺而冤死的灵魂
时时游走在你的梦里

145

孩子，面对天，面对地
你不要如此狂放
相比天地
人类渺小得不能再渺小了
人定胜天
或许这只是克服困难时的呐喊
任何悖逆自然的行动
都必然遭到惩罚
这不是洪水干旱、地震海啸

146

掘墓，谁在为自己掘墓
耕地、湿地被钢筋水泥填塞
森林被砍伐，草原被焚毁
迁徙的候鸟被张网捕捉
濒临灭绝的熊、老虎被猎杀
驰骋海洋的蓝鲸被刺杀
主宰地球的人类啊

我之生

为什么要与一切为敌
包括人类自己

147

一块碑,一块石头而已
一把土垒起来
就成了后人凭吊你的地方
为你下跪,为你磕头
你以为就得到了尊重
愚昧呀,我的人类兄弟
埋入了泥土,你就可以安宁了
盗墓贼会让你安宁吗

148

不要,不要为我立碑
即使有人想要祭奠我的过去
不要,不要为我塑像
哪怕我的功劳堪比日月
我来是一种偶然,没人知晓
我走是一种必然,无须怀念
你看帝王的雕像
日晒雨淋之后
还要被推倒踩上一脚

149

谁说身体发肤受之于父母
就不能自主
牺牲并不等于不珍惜
不要保全我已死的身体
取下我的眼角膜吧
赠给那因白内障失明的女孩
让她看看阳光的颜色
让她看看鲜花的开放
让她看小鸟飞翔,小草生长

150

哦,拿去吧
只要对疼痛的病人有用
我的肝,我的肾
都移植给痛苦呻吟的人
还有呼吸的肺
就给井下采煤的农民兄弟
我不想再看到
那开胸验肺的一幕
这肺能让他顺畅呼吸

151

哦,请给我留下

留下我的心
这颗赤热而透明的心
这颗激情而纯粹的心
尘世间里
我只想把这颗心
交给正降临人世的婴儿
左心室装着人类
右心室装着自己

152

仰望苍天
我努力追寻太阳的光芒
太阳的能量
为什么能够如此巨大
任何黑暗都会逃遁
任何腐朽都会灭亡
它将光和热无私地播撒
沐浴阳光的洗礼
我向太阳宣誓捍卫光明

153

人类尽管渺小
但追求光明的脚步从未停歇
夸父追日的故事
至今还被人们歌颂相传

古往今来
多少仁人志士为你而牺牲
一个又一个,一代又一代
追求光明的牺牲
就像飞蛾扑火毫不足惜

154

当为了真理被割开了喉咙
鲜血直涌,嘶嘶作响
我依然听到真理在高声歌唱
当为了自由身陷囚牢
皮鞭、火红烙铁、电击
我依然看见自由的鸟在天空
当鲜红的指纹
被强迫摁在"自白"的纸上
不屑中愤怒的气息在生长

155

这日子终将要来到
生命的气息将逐渐消失
人世的繁华和衰败正在远离
灵魂与肉体默默地道别
这会是一个祥和的日子
一个从漫长黑暗中走出的日子
一个从血雨腥风中冲出的日子

这个时刻
我将在平和中拉上生命的帷幕

156

一个生命悄悄地来了
就让他悄悄地离去
不要打扰他安详的睡眠
抑或恸哭，抑或欢笑
抑或锣鼓喧天，抑或鞭炮轰鸣
奠字下来来往往的人物
有多少真的是寄托哀思
为死者的名乎
还是为生者的利乎

157

卑微的生命也有尊严
我们不需要
在属于他的当大事的时候
表现得多么重视
他小心翼翼地生活在人间
陪伴的却是苦难和哀伤
还有那冷漠的视线
他不敢去争取
即使属于他的他也被迫放弃

158

谁都可以夺去我的肉体
但谁也夺不走我的思想
只要人类还有掠夺
只要世间还有苦难
我的呐喊就不会停止
我的心永远为苦难的人而跳
我的爱属于你们
但不只是属于你们
还有天空，还有大地和宇宙

159

每一刻，我的生命都在诞生
但这都是我人生的最后
每一刻，我的人生都在结束
可这却是我生命的开端
生命在死亡中涅槃
在涅槃中得到升华
尽管每个生命只有一次
但是为了正义，为了使命
我不在乎生命的长短

160

活着的时候

我们享受着来自四面八方的爱
这种爱无私
这是出自生命本能的爱
这是大自然的馈赠
心安理得接受爱却不知道回馈
甚至面对这种爱还要透支
冷漠并不是人类的属性
可一次次战争的残酷让我无语

161

敬畏生命吧
像敬畏自己的信仰一样
失去了信仰
就如同生命失去了方向
纵欲是对生命的透支
滥情是对生命的无节制
任何一个贪婪者
都无法抵达生命的终点
灵魂得不到安宁

162

生命只有一次
谁也无法重新来过
生命的时间只向前进
前进一步

就意味着离死亡近了一步
尊重生命
跟尊重死亡一样重要
浑浑噩噩的生命
和已经死亡的没有区别

163

故事的精彩
只在于故事的经过
而不是故事的结局
生命的精彩
不在于曾经拥有多少财富
而在于你给了世界多少
有些人拥有至高无上的权力
有些人占据富可敌国的金钱
其实这并不是生命的精彩

164

我们都拥有或曾拥有生命
有谁明白生命的实质
不生不灭
不灭不生
对自己都没有认识清楚
又何谈认识世界
连自己都战胜不了

又何谈战胜自然
生命就是顺天尊道

165

过分与不及
是生命中常犯的错误
出现偏差
就是因为我们的认识不足
不要轻易谴责放弃生命的人
也不要随便称赞珍惜生命的人
放弃有时是为了珍惜
珍惜有时是在糟蹋
生命就是生与死的选择

166

放弃生命
这不会是我主动的行为
每一个死亡的里面
总是隐藏着深深的绝望
一种真正的绝望
"我自横刀向天笑"
这是一位殉道者的选择
大笑中，慷慨赴死
对世事绝望才终有担当

167

生命当如昙花
惊艳地盛开
然后洒脱地凋零
一次深夜的绽放
足以让天宫星辰为之惊叹
生命当如雄鹰
傲视山崖，搏击长空
任凭风雨雷电
自由飞翔在自己的天空

168

人类啊，我可怜的兄弟
一个问题一直萦绕在我的脑中
为什么物资丰富了
人们的精神却匮乏了
金钱能让父子反目为仇
权力能让同僚相互倾轧
名气能让学者斯文扫地
美色能使社会失去伦理
冷漠的心如同钢铁一样冰冷

169

谁打开了潘多拉魔盒

将人性的欲望
从这一端指向了另一端
谁在牵引人类追逐无穷尽的物欲
被物欲侵占的思想
只会掏空我们的灵魂
灾难和痛苦
将化作一颗颗悲伤的眼泪
流淌在人生的路上

170

灵魂不会随物欲前行
心灵的舒畅
不要有太多的物欲
过多的追求
就像沉甸甸的枷锁一样
增加灵魂的负罪感
让灵魂无法飞翔
被物欲的尘埃污染的灵魂
抵达不了圣洁的天堂

171

一种声音
从遥远的远方传来
穿越叠嶂山峦
穿过时间的河流

直达我的心
这是伟大的声音
如星光密布苍穹
呼唤着我,激励着我
为了真理,为了使命

172

我是谁,谁又是我
纷繁的尘世
谁将自己丢失了
谁又将他人丢失了
每一个婴儿
出生时都是纯洁无瑕的
岁月沧桑
长大后婴儿成了世俗的人

173

人世间弥漫着污浊的空气
教化的尘埃
在各种语境下
如吗啡被婴儿吸食
黏附在大脑的中枢神经
意识里
诱惑的毒蛇蠢蠢欲动
一步步将婴儿引向深渊

成为他们奴役的工具

174

我是我,我就是我
虽生在尘世之中
思想却独立于尘世
虽食五谷杂粮
灵魂却翱翔在天穹
世俗的一切
虽时时影响我的行动
但始终不能动摇我
比生命更坚定的信念

175

舒展开巨大的双翅
在荒漠,在雪峰,在沼泽地
我的飞翔
带来了勃勃的生命
在地层,在海洋,在天空
飞翔的我
广播着来自天庭的圣音
我要播撒自由的种子
让每颗灵魂不再被束缚

176

不要设想
每一个灵魂都能抵达圣地
地狱和天堂
居住着不同生命的魂灵
罪孽深重的人啊
请在忏悔中
将自己的灵魂救赎
给世界一个交代
给未来的时空一个觉悟

177

昨日诞生了今天
独裁诞生了民主
禁锢诞生了自由
邪恶诞生了正义
凶残诞生了善良
丑陋诞生了美好
虚假诞生了真理
黑暗诞生了光明
生命诞生了灵魂

178

没有苦难不会有幸福

没有风雨不会有彩虹
没有荆棘不会有坦途
没有牺牲不会有生存
人生路上到处是诱惑的毒蛇
去往灵魂的圣殿一样充满艰辛
为了那颗纯洁的灵魂
为了心中永恒的信念
请让我承受一切苦难和牺牲

179

不要嘲讽我狂妄
不要以为我伟大
站在高峰
我俯瞰到了尘世的深谷
飞翔在天空
我的视野涵盖了东西南北
通体透明的我
因为无私，因为无欲
所以洞察了隐藏人心的恶魔

180

不要对我仰望
也不要对我膜拜
我只是天地间的一个颗粒
受到了太阳的孕育

聆听了圣明教导的声音
净化了自己的灵魂
芸芸众生的人呀
你就会成为我

181

每一个生命
都像鲜花一样美好
每一个生命
都像太阳一样崇高
可比生命更美好更崇高的
是那纯粹的真理
面对真理
请你奉上虔诚真挚的心
就像你对待自己的生命一样

182

赤裸的婴儿
静静地躺在一只巨大的手中
迷人的笑容里
没有丝毫的恐惧和约束
纯洁而天真
那人生的面具和伪装
什么时候会戴上了婴儿的脸庞
我要让人类回到婴儿时期

不受欲望折磨的痛苦

183

孤独的老人
静静地坐在破旧衰败的屋檐下
深褐色的额头
被时光的刀割开了一道道褶皱
痴呆的眼神
毫无生气地望着远方的落日
生命即将垂下帘幕
我善良的父母
可否知道谁来陪你走最后一程

184

从出生走向死亡
婴儿的灵魂
从清澈变得浑浊
从死亡走向出生
老人的灵魂
从浑浊开始清澈
因为婴儿不知道死亡
而老人明白了出生
死是尸体，生是灵魂

185

看啦！霹雳的闪电
驱散了黑暗，一道道光芒
照亮了远方，那是圣者的地方
听啊！响亮的雷声
穿越了雾障，一声声圣音
叩响了心灵，那是圣者的召唤
飞翔吧，朝着圣者的方向
圣殿的大门已经打开
光芒的天梯正在徐徐放下

186

我的灵魂远离了尘世
我在人间的尸体即将隆重出殡
那是装在木盒的一点儿骨灰
谁在大声朗诵
我给自己写下的挽歌
又是谁给我竖立了一块碑石
碑石上红色的字
格外显目
生于公元前，死于公元后

187

我的灵魂展开了巨大的翅膀

我之生

翅膀上驮起了
一颗颗从黑暗的噩梦中
呼唤而来的灵魂
这些曾经迷失方向的灵魂
经过了阳光的洗礼
冲破重重的迷障
终于在黎明之前
跟随上我飞翔的翅膀

188

谁也不要彪炳自己的伟大
在光辉灿烂的太阳下
个人的创造与贡献微乎其微
在伟大的圣者前
自己的苦难又算得了什么
黑暗与悲伤
不过是你意志的磨砺石
困难和障碍
不过是你信念的鞭笞棒

189

飞奔在苍天的深邃中
一道道星光投向我
每道星光
仿佛都在传递谕旨

沿着星光的轨道
疾速前行的我
希望能够立即抵达圣殿
将拯救人类灵魂的使命
报告给圣者

190

为了追寻真理
我的足迹遍布世间的每个角落
为了求索真理
我的思想穿过天空飞越银河
只要我亲爱的人类兄弟
能够聆听到圣音
再偏僻的角落，再遥远的地方
我都会抵达
去传播指引人类未来的声音

191

近了，越来越近了
在天庭的圣殿前
圣者张开了他巨大的双翼
庞大而无与伦比的双翼
他在等待和我们拥抱
拥抱曾经四处游走的灵魂
拥抱经过洗礼而透明纯洁的灵魂

看,那是圣者
祥和的圣者在等待着我们

192

此时的每一刻
我都在降生,一个又一个的我
像一道道光芒
从遥远的时空以光的速度
掠过星辰,穿越云层
在东方,在西方,在北方,在南方
在人类居住的每一个地方
将圣洁的灵魂
投射进即将诞生的生命中

193

此时的每一刻
我也在涅槃,像凤凰一样
每一次涅槃
都是灵魂的再次浴火
沿着无形的天梯向上攀升
每登上一级台阶
就被更强烈的光芒照耀
扑面而来的火焰
将我的灵魂燃烧得更纯粹

194

登上来吧,登上来
这里是圣殿
是灵魂自由飞翔的圣殿
为了真理而至死不渝的人啊
请接受圣神的洗礼吧
为了解放人类而牺牲的人啊
请接受灵魂的超度吧
为了所有因真理而丧生的人啊
请在这里安放你的灵魂

195

登上来了,都登上来了
光芒四射的圣殿
因我护送的灵魂更加光芒
晶莹的天梯收起了
神秘的天庭合上了天门
一束光,一束太阳生命之光
将我送回了世界的东方
在这里,我将以缪斯的名义
为每颗灵魂一一吟诵

把门打开

把门打开,春天已经到来
柳树吐芽,桃花盛开
燕子衔来了云彩
温暖是太阳的胸怀

把门打开,脱掉厚实的穿戴
抬起头来,胸膛敞开
让心情暴晒
快乐是美丽的开怀

把门打开,做充满激情的人
擦亮皮鞋,修剪头发
和远方的父母通一个电话
送去我的问候和所爱

把门打开,抱怨不再
向邻居问好,对陌生人微笑
把我的友善送给所有的牛羊和花草
找一个工作,谈一场恋爱

把门打开，冷漠不再
关心牛奶蔬菜，关心水与雾霾
买一份报纸，看一看微信
给每一个朋友圈的消息点赞

把门打开，现在就出来
微笑像芳菲一样绽开
我要和阳光一样幸福快乐
并让我的幸福与快乐弥漫开来

把门打开，春天已经到来

春

阳光
拍了拍春的屁股
春天
揉了揉眼睛醒了

春天
跑到了小河边
大声喊　醒来
潺潺的水唱起了歌

春天
跑到了山冈上
大声喊　醒来
绿绿的叶跳起了舞

春天
跑到了田野里
调皮的小手
伸进了泥土的腋窝
撩得禾苗哈哈笑

春天
跑到了我的家
温柔的嘴唇
亲了亲我的小脸蛋
至今还透着清香

不要跪下

意志磨碎了膝盖的髌骨
太阳跪下了
月亮跪下了
尊严的血液喷薄在天空
燃烧

信念敲断了脊梁的支撑
大地跪下了
山川跪下了
灵魂的骨气抛洒在黑夜
闪烁

有一种站立的形式叫跪下
穿越二千年
被权势举起
重重砸在民族的记忆上
嚎叫

有一种遗传的习惯叫跪下
融进基因

随经脉潜行
深深匍匐软骨的意识里
哭泣

我的字典里从来没有跪下
英国的炮火
轰炸了嘲笑
奇耻的唾沫吐在大清脸上
颤抖

中国人民从此站起来了
浴血的利剑
斩断了侮辱
声音穿透了天安门的城墙
张扬

站起来了就不要跪下
卑微的生命
可怜的肉体
不再是随意践踏的踩板
自尊

不要跪下，你尊贵的双膝
权势的欺压
暴力的恐吓
不会因为你的乞求跪下
施舍

不要跪下，我的双膝
不要跪下，我的人格
不要跪下，我的尊严
不要跪下，我的灵魂
不要跪下，我的同胞
不要跪下，我的祖国

啸傲的中国龙

1

一道道霹雳的闪电
划破历史的长空
重重地砸在
东方这片蛮荒的大地上
一阵阵咆哮的炸雷
击穿春秋的巉岩
沉沉地抖落
百万年累积的时间碎片
发出隆隆的声响

一群直立行走的生命
仓皇而惊恐
他们匍匐于地一片茫然
远处熊熊燃起的火焰
仿佛昭示着未来的进程
自然的现象
在这一刻楔入祖先的记忆

在升腾火光中
想象的形状演绎成一种图腾

从撕裂云层的闪电间
滋生抗争的力量
从震撼大地的响雷里
融入信念的豪气
从风雨狂舞的金蛇中
体会从容的潇洒
从跨天接地的彩虹内
秉持乐观的灿烂
传承民族灵魂的苍龙从此成就

2

或许这片土地
注定会有权力的嗜血者
祖先的智慧创造
被贪婪的帝王窃为己有
自称龙子的君主
肆意在皇宫内外雕龙画柱
假借龙的凌空飞腾
营造磅礴的朝拜气势
企图臣服万民之心

金黄的龙袍
掩盖不了权力的钩心斗角

奢华的龙床
不断膨胀君王的淫逸享乐
皇宫的龙椅
总是在血腥的屠杀中
满足觊觎者残酷无情的兽性
成则为王败则寇
朝代更迭的竹简鲜血浸透

没落的腐朽
蛀空了支撑皇宫的柱子
纵欲的贪婪
点燃了民众积压的怒火
揭竿而起的起义
犹如蜿蜒的龙连绵不绝
王侯将相宁有种乎的呐喊
在五千年的文明中
激荡着龙的传人与命运抗争

3

也许这片土地
因为富饶因为风景如画
一个又一个强盗
开着炮端着枪冲杀进来
遍地的狼烟
弥漫缭绕在长城内外
百余年生与死的抗争

铸就了龙坚韧不屈的脊梁
在血与火的洗礼中傲然屹立

当年的南湖小船
承载了振兴中华的使命
十三名龙的传人
将沸腾的热血喷薄而出
井冈山的星星之火
迅速在长江黄河之地燎原
似电闪雷鸣般
前仆后继的牺牲壮举
在二万五千里的长征中昂扬

烽火下的中国
一种坚如磐石的勇敢
潜行在觉醒的民族意志里
十数年的浴血抗战
点燃了民族涅槃重生的火焰
数千万的血肉之躯
奠定了和平纪念碑的基石
鲜艳的五星红旗
在东方向世界飘扬龙的精魂

4

传说中的龙
在神化的语境中接受膜拜

五千年的演绎
晶结成中华民族的象征
祖先遗传的 DNA
融进了龙的精神和魂魄
将虚幻的龙点化成民族的脊梁
大旱时广降甘霖救民于难
喜庆时气宇轩昂与民同乐

从未看到过真的龙
那只是多体合一的美好想象
在每一个炎黄子孙的心里
一条英雄的苍龙始终飞腾着
1998洪灾，龙在长江镇守大堤
2008冰灾，龙在京珠护卫归途
汶川地震，龙在灾区拯救生命
多难的中国
幸好有所向披靡的龙守护

自豪呀，龙的传人
十三亿多的炎黄子孙
正在吹响民族复兴的号角
骄傲吧，龙的传人
遍布世界的华夏后裔
正在构筑中华崛起的大厦
二十一世纪的天地间
啸傲的中国龙
一定会再次潇洒地飞腾

2012·龙年·中国年

2012
这是一个预言中的纪年
地球末日
这是一个预言中的灾难
不必在乎
这是否是前玛雅人的传说
也不必考问
这是否是西方国家的骗局
来了，2012

在亿万人读秒的倒数声中
我听到了
2012 的铿锵脚步
在炫目灿烂的烟花绽放间
我看到了
2012 的壮美身姿
人们发自内心的倾情欢呼
我感受到了
其中喷薄而出的自信与从容

打开尘封的日记
一枚龙年生肖的邮票
传递着世纪交替的千禧祝福
吉祥的龙
穿越天干地支的时空
引领一个属于中国时代的征程
在十二生肖纪年的轮回中
龙的国度
将一幅绚丽的画卷铺展给世界

2012，这又是一个龙年
我们不去回味
北京夏季奥运开幕的无与伦比
我们不去骄傲
神舟飞船太空漫步的潇洒完美
我们不去炫耀
国庆检阅军列方阵的排山倒海
我们不去显摆
国民经济持续发展的风景独好

可是，面对2012这个龙年
我们应该纪念
汶川地震、舟曲泥石流死难的民众
我们应该关注
空巢老人、流浪儿童
灰霾的天空和被填的湖泊

我之生

站在巨幅的中国地图前
你听，九曲黄河
咆哮奔腾的水声是否隐忍疼痛
你再听，逶迤长江
风中小舟的渔歌是否有些伤感
你瞧，万里长城
那如龙鳞的墙砖已经风化斑驳
你再瞧，珠穆朗玛
千年冰川消融后裸露的伤口

抚摸地图上的钓鱼岛
百年前的耻辱至今还在继续
当目光停留在肥沃的藏南
我分明看到
龙的躯体渗出的殷殷鲜血
再看一看南海的岛礁
就有一种疼痛
从心脏一直延伸到全身的神经末梢
国之不统又怎能说龙已腾飞

2012，这是龙年，更是中国年
舞龙耍狮戏龙珠
世界各地的龙的传人
在戏龙中一展华夏之族的风采
贴对联，放烟花，观龙灯
每一个黑眼睛、黑头发、黄皮肤的龙人

在祥和中祈福龙年风调雨顺
无论怎样的风云变化
我们相信2012，相信龙年的中国

中国书法之随想（组诗）

◎甲骨文

1

躲藏在殷商的废墟
酣睡了三千年
承载历史记忆的龙骨
在祖先遗传的中药典籍中
镌刻传奇

山龟和野兽
为了某种神秘的仪式
被绑上篝火燃烧的木架台
甲骨陷入了青灰的折磨
等待救赎

一把毛刷
在偶然的时间与空间

如锋利的手术刀
剔开了甲骨陈旧的创伤
切下一截历史

2

旷野,嚎叫的回声
挣脱了栅栏和狩猎者的棍棒
在黄昏的天空
落入太阳设计的网中
庞大的影子罩住了山冈

恐惧和迷茫
从祖先的潜意识里扩散
跪下来
匍匐在神灵的脚下
用甲骨的虔诚占卜问卦

涅槃和图腾
将一个民族的秘密深刻入骨
煅烧的残垣断壁
至今还在嘲弄
那些千金一笑的兴亡

3

雕琢一枚龟甲或者兽骨

我之生

厚重的历史
因此竖起了纪念的墓碑
故纸堆里
那些隐痛的文字淌出血液

锐利的刀锋划过
残损的躯壳上
人类最原始的生活符号
再次站立起来
讲述曾经的畜牧和渔猎

岁月翻过
深埋骨头的废墟重新辉煌
瞻仰片片甲骨
我只祈盼自己的脊梁
能够刻下三个字——中国人

◎篆书

1

氏族锋利的刀
割断了春秋战国的语言
七零八落的符号
在青铜铸造的钟鼎

镌刻下蝌蚪游动的形状

狼烟为了烽火台
点燃自己潜伏已久的雄心
纵横捭阖的战车
在六国的宫殿
竖起了嬴政帝王梦的旗帜

竹简和丝帛
熊熊燃烧了六国历史的悲哀
三千儒士
把不屈的魂埋入泥土
血泊中生下统一的篆书

2

山冈,悠扬的笛音
穿越跌宕和哀伤的天空
在夕阳的霞辉中
那惊鸿一瞥的优雅圆润
震塌了秦二世的龙椅

阿房宫的火
愤怒间烤焦了历史的谶语
孟姜女的眼泪
冲垮长城厚重的古城墙
汇成长河在秦朝大地流淌

王权和尊贵
篆刻成一枚传承的玉玺
厮杀拼抢的青铜剑
鲜血淋淋
染红了一部悲壮的《二十四史》

3

掘开尘封千年的秦陵
复活的兵马俑
踏踩李斯《仓颉篇》的竹简
将昙花一现的帝王辉煌
一一抖落

灭六国者六国也，非秦也
族秦国者秦也，非天下也
震撼的结论
从龟甲兽骨中走出的篆书
泼墨兵戈血腥的教训

默立在巨幅的中国地图前
长城烽火台的狼烟不再
抚摸钓鱼岛、南海、藏南……
篆书写下的一个"统"字
从我的心中升起

◎隶书

1

承载甲骨疼痛的泪水
与小篆并肩展开血腥的厮杀
在朝代更迭的战场
挥动那把寒光四射的青铜剑
斩下帝王诸侯的头颅

一把火
诸子经书化作了缕缕青烟
一把土
多少儒士湮没了黄粱美梦
腥风血雨中隶书撰写下刚毅二字

若干焦耳的热量
在阿房宫持续三个月的火中释放
揭竿而起的咆哮
掀翻了大秦帝国屋顶的横梁
横亘在楚河汉界

2

夕阳，滚滚的乌江

我之生

卷走了力拔山兮的豪气
那柄嗜血的青铜剑
在沙滩刻下伤感的文字
为不肯过江东的英雄垂泪

砚台的墨汁
涂抹了溅满血污的简牍
轻重顿挫的笔画
勾勒出驰骋疆场的壮观
古老的土地飘扬阵阵墨香

线装的竹木
挥洒狼毫游走大汉的潇洒
一篇篇汉赋
用隶书的阳刚与雍容
漆写一个民族厚实的史章

3

一声呐喊唤醒千年的沉寂
秦皇汉武
已经淡泊雄才大略的风骚
江山一统
谁敢比肩千古霸业的英名

去繁就简
历史舒展灵动的气度

刚直隶书
以其独特的雄阔姿态
尽显泱泱大中华的风度

五千年的文明
如同小麦稻谷一样的粮食
滋养着一脉传承的精神
必将挺起
民族复兴和崛起的脊梁

◎楷书

1

硝烟在楚河汉界
泼墨成驰骋疆场的乌骓
终随垓下的楚歌
染红了北去的乌江水
还有那柄西楚霸王的青铜剑

江东父老的盼望
在大汉帝国猎猎的旗帜下
化作了一把蘸满血与泪的刻刀
将霸王别姬的故事
演绎给嗜血争权的王侯将相

一出休养生息
溶解了战火堆积的尸骨
张骞的驼队
踩踏丝绸之路的铿锵
向西域传递中华文明

2

风沙掩埋了一代代风骚
真与正的楷者基因
以遗传的方式渗入汉唐文化
沿着欧颜柳赵的笔触
传承东方之国的真诚和正直

点横竖撇捺
相融于端正与真诚之间
无一丝倾斜，无一毫虚假
不真不正
无法写就楷者的素墨人生

纵横阡陌的田野山川
再一次将自然的本真袒露
黑色的墨汁跃然于洁白的世界
跟随狼毫亦步亦趋的节奏
浸入凛然的正气

3

仰望正楷的大"武"字
猛然发现"武"的真谛是止戈
硝烟的背后和平在呼唤
不肯过江东的霸王
原来自刎为了终止屠戮的继续

我屏住自己的呼吸
静静地聆听楚歌之后的那片土地
悲戚的声音穿越万物之心
正在撞响厚重的尘埃
向历史诉说一对对母子的眼泪

智慧藏于柔软的笔毫
启迪却在方正平直的笔画间
古往今来的碑帖上
又有多少人明白
墨的黑和白的纸之间的真与正

◎ 草书

1

不敢怠慢

我之生

那角落那山野繁繁点点的生命
尽管卑微却也恣肆生长
随处可见的草
恰是从汉朝墨池中飞溅的

或许因为甲骨的坚硬
或许因为青铜的冰冷
或许被木牍和竹简捆扎太久
渴望飞翔的灵魂
终于等来了蔡伦和他的纸张

癫疯与狂醉
在格格不入的朝代中挥洒自如
没有了束缚
放纵的心随游走的笔触任意驰骋
时而飘忽，时而一泻千里

2

追寻颠张醉素的墨迹
在以头着墨的嘲笑中
一路狂奔一路狂呼的张旭
随意泼洒狂放不羁的草书
长安为之让路，大唐为之喝彩

寺庙的清规戒律
抑制不了怀素的豪放洒脱

那寺壁那衣带那器皿
都是他挥笔疾书的自由之地
如同挣脱锁链般痛快酣畅

绝世的狂草
独步天下的豪迈谁来比肩
问苍茫大地谁主沉浮的从容
却在一代伟人闲庭信步中
一笔挥就

3

一滴墨写尽春秋
一支笔策动万军
多少王侯多少豪杰
为了那所谓的皇宫龙椅拼杀
最后都灰飞烟灭了

不变的是日月，不散的是秋风
拆掉间架结构，摧毁偏旁部首
像风一样奔放的草书
随抑扬顿挫的墨痕
张扬一个民族的浪漫与想象

渴望将自己的骨骼碾成墨
和着祖先传承的血汗
以脊梁为笔

我之生

在盘古开辟的天地间
书写中国劲草

◎行书

1

从汉末的故纸堆里
拾起那颗因奔跑喘息的灵魂
隐约的墨迹中
鼓角争鸣万马奔腾的呼啸
汹涌而来

铿锵的戈戟
在帝王的追逐中交锋撞击
坚硬的铁割裂了夕阳的影子
汩汩滔滔的血
喷洒在东晋十六国的大地

嗜血的贪婪者野心膨胀
似暴风骤雨般急促
突变的风云
裹挟着苍野的嚎叫与尸骨
躲藏在钟繇的笔毫里

2

不要嘲笑书圣的袒露
一篇《兰亭序》就让大唐疯狂
死了也要带去把玩
随心所欲而不逾矩的境界
大唐太宗自叹不如

战乱出忠臣，悲伤有佳作
以血泪为墨，用浩气运笔
颜氏随情涂抹的《祭侄稿》
告慰了为国而死的侄儿
也委屈了苏轼的《寒食帖》

行走就是一种姿态
不偏不倚，不疾不徐，不癫不狂
潇洒从容中
一支笔在宣纸上诠释中庸
一滴墨在时光里彰显大度

3

拂去层层的灰尘
远去的故事
沿着文字的轨道依次前来
再次站立在历史的面前

我之生

一种敬畏自然而生

翻阅一页页的厚重
触摸着墨痕里脉动的灵魂
隐藏字里行间的血与肉
仿佛诉说曾经的惊心动魄
战与和　生与死

把门打开
将激情燃烧的自己磨成墨
以坦诚的赤足为笔
行走天下
一路书写中华的豪迈

我的祖国

我的祖国
是一座宁静的村庄小屋
那儿有我出生的子宫
襁褓中的记忆是您的乳头

我的祖国
是一道泥泞的山村小路
那儿有我踩下的小脚印
跌跤时的拥抱是您的身体

我的祖国
是一条清凉的山涧小溪
那儿有我赤身的影照
嬉戏间的笑声是您的血液

我的祖国
是一棵葱郁的山边小树
那儿有我攀爬的手掌印
顽皮里的触摸是您的头发

我之生

我的祖国
您是孕育我的子宫
您是哺育我的乳头
您是我生长的土地

我的祖国
是一片广阔的田野
成群的牛羊
悠然自在地吃着绿草

我的祖国
是一丘绿油油的麦地
一簇簇麦叶
蓬勃生长如春天的竹笋

我的祖国
是一幢高高的楼房
一盏盏华灯
穿透黑暗释放耀眼的光芒

我的祖国
是一条宽阔的大街
一辆辆汽车
摩肩接踵穿梭时光的隧道

我的祖国
您是温暖我的家园

您是振奋我的梦想
您是激励我的光荣

我的祖国
是一枚古老的圆形钱币
那斑驳的锈迹
深刻着秦汉唐宋的岁月

我的祖国
是一尊遗留在岸边的铜炮
那铮亮的青铜
彰显着坚韧无畏的傲骨

我的祖国
是一部厚厚的《二十四史》
五千年的文明
传承中华的精神

我的祖国
是一幅无与伦比的画卷
960万平方公里的大地
昂扬神州的风采

我的祖国
是那浅浅海峡岸的宝岛
数十年的魂牵梦萦
无数次洒下我深情的泪水

我的祖国
是太平洋西岸的中国大陆
十几亿同胞的血肉
凝聚而成的永恒共同体

我的祖国
您可听到海峡两岸的波涛声
那是台湾与大陆的交融
仿佛恩爱夫妻的喃喃私语

我的祖国
您是我生命的永恒
为您崛起，为您复兴
这是十几亿同胞共同的心愿

邂逅一场雨（组诗）

◎雨滴

你以坠落的方式
从一个世界
闯入另一个世界
却将思想
遗忘于一道闪电中

我用围观的眼神
欣赏一次坠落
过程很短
结果却很惊艳

触地的刹那
一个回响溅起
让我的呼吸
停在半空

◎雨声

一场雨后
接踵而至的是另一场雨
愈加枯黄的草
在风中
彼此拥抱相互取暖
但还是抵不住
持续的降温冲击
终于在这个凄清的深夜
发出一阵接着一阵的嚎叫声
这嚎叫声
刺破重重的雨雾
呼啸而来
拍打着我的门和我的窗
还有我笔下的文字

◎雨夜

夜,比昨天来得更早
我还没有点亮那盏橘黄的灯
厚厚的黑就压了过来
跟着而来的
是倾盆的大雨
将远方的山屋前的树

淹没在视线之外

没有闪电
也没有惊雷
雨滴却越来越大
越来越密
狂风暴雨中
我仿佛听到泥土的呼吸
比呻吟更重
如同这深不见底的雨夜

我之生

缘之酒，酒之缘

远古的稻粱在祖先的民谣里浸泡
一枚甲骨背负着厚重的历史
在戈戟的烽火中把岁月的记忆镌刻
氏族部落的跌宕起伏
被发酵、被酿造、被密封，被埋藏

千年的尘世湮没了多少历史篇章
英雄的出征皆因那无法了却的情缘
马革裹尸再一次揭示了血腥与壮烈
气吞山河的豪言壮语
化作了杯杯清酒祭奠在黄土堆前

远去了，大碗喝酒的气概
远去了，战鼓号角的争鸣
多少豪杰醉卧在滚滚的红尘中
多少勇士畅饮于猎猎的战旗下
曾经的胜利与失败都在酒樽里笑谈

不管是举杯邀明月的气概
也无论把酒问青天的豪迈

一切因缘,一切情缘,一切尘缘
所有的恩怨情仇,悲欢离合
皆在缘之酒的豪放潇洒中灰飞烟灭

品饮《诗经》酿出的"风雅颂"
为中华五千年的文明陈酿而陶醉
苦饮《离骚》哭泣的"哀民生之多艰"
感悟屈原拳拳爱国之心的抑郁苦闷
至今凭吊汨罗江畔依然感伤

嘲笑秦二世醉生梦死"阿房宫"
惋惜项羽"不肯过江东"的英雄气短
敬仰《观沧海》魏王的宏伟志向
感怀孟德"对酒当歌,人生几何"的感慨
仿佛看见魏蜀吴三国的硝烟弥漫

羡慕李白"斗酒诗百篇"的洒脱
忧伤杜甫"朱门酒肉臭"的心怀
更加悲哀唐玄宗沉溺酒色导致马槐坡悲剧
与酒结缘却不知道酒该如何饮用
大唐悲剧怎不会再次重演

埋藏五千年的中华酒坛正在启封
悠久的文明醇香
必将醉倒古今,醉倒世界
我祈盼自己也是中华酒的一滴
将酒的英雄气概融入骨髓

致敬,以生命的名义
——5·12 护士节献给白衣天使

向你致敬,我以生命的名义
亲爱的护士

是你温暖的手掌
托起了新的生命对世界的感知
那响亮的第一声啼哭
告慰你的疲惫和母亲的情怀

是你来回的脚步
守护着恐怖黑夜里呻吟的生命之光
曾经绝望的心奏响了生的乐曲
将眷恋和企盼延续

是你坚定的守护
病魔因此投降,败下阵来
是你坚持的希望
生命更有意义,健康更具价值

向你致敬,我以生命的名义
亲爱的护士

关爱奉献
是你践行的南丁格尔诺言
纯洁无私
是你秉承的白衣天使信念

你将瑰丽芬芳的青春
融入输液瓶滴进病人的血管
你将鲜美甘甜的微笑
植入病人身体康复后的道谢中

多少个的日日夜夜
你手拿药水穿梭在寂静的走廊
多少次的来来回回
你奔走在手术室、抢救间和病床旁

向你致敬，我以生命的名义
亲爱的护士

我看见，一袭白衣的你急促地前进
看见你前行在抗击"非典"的战场
看见你前行在汶川救死扶伤的地震现场
看见你前行在抵御埃博拉病毒的非洲

哪里有灾难，哪里就有你
哪里有战争，哪里就有你
哪里有瘟疫，哪里就有你
哪里有危险，哪里就有你

我之生

别人撤出来，你却冲上去
他人躲开了，你却迎上去
为了抢救生命，你竟敢跟死神较量
置生死于度外，这需要多大的勇气

向你致敬，我以生命的名义
亲爱的护士

你有比海更博大的胸怀
病人的痛苦和责难
还有那些不理智的拳脚和谩骂
你都用微笑去包容收纳

你有比泥土更朴实的品质
你用柔弱的肩膀
扛起了女儿、妻子、母亲的重担
载起了工作的琐碎、艰辛和关爱

向你致敬，亲爱的护士
你是健康的捍卫者
你是生命的守护神
你是为人类健康保驾护航的天使

向你致敬，我以生命的名义
亲爱的护士
和你一样，以一颗感恩的心
时刻守护我们共同的信仰

鬼火

黑魆魆的夜,恐怖狰狞的面孔
在荒郊野外,在树林深处,在无碑坟堆
孤独而可怜的灵魂点亮凄凉的灯盏
受尽折磨的他们已经死去多年
没有谁会为他们举行隆重的葬礼
一张草席或几块拼凑的木板安放他们的肉体
腐败的细菌吞噬,享受着这丰盛的食物
剩下他们坚硬的骨头被风雨燃烧

燃烧的骨头,那是他们飘忽不定的灵魂
(这种绿火被科学家称作磷火,又称鬼火)
肆意游荡的灵魂找不到安放的地方
浓绿色的磷光如同夏日草丛间的萤火光
它们飞舞着,随风动的脚步飞舞
请原谅他们无意间制造的惊悚气氛
在人世间他们饱受欺凌、贫穷和疾病
他们像草一样,懦弱而短暂地苟活一生

幽冷的光亮,从深深的黑暗穿越
那小小的磷火跟随着我移动的脚步

我之生

我停下，它们也停下；我走，它们也走
我没有丝毫的害怕，知道他们比我更胆怯
饱含饥饿、寒冷和不幸的他们不会抗争
他们不会成为鬼，也不会有鬼的可怕
燃烧自己的骨头只是想告诉世界
这不死的灵魂是对我们的忠告

杀鱼

它来自哪里,不是我的问题
是一条河,还是一座水库
是一个池塘,还是一个湖泊
或者是一望无际的大海
今天我只想把它做成一道菜
让我的味蕾多一点荤腥

这是我第一次
面对一条由我操刀宰杀的鱼
一条活蹦乱跳的鱼
一条在岸上,在陆地上的鱼
一条在我的家里,在厨房砧板上的鱼
一条会让我沾上血腥的鱼

我用劲按住它,它拼命地挣扎
我的手一软,一滑溜
它就蹦跶到地板上,重重的
我再次抓住它,将它按在砧板上
然后接过妻子递过来的刀
对着鱼的头猛地一击

我之生

像菜市场那位鱼贩子一样

鱼,安静地躺着
一动不动
可两只眼睛瞪得圆圆的
我小心地剔除它硬硬的鳞片
然后从背脊切入
一点点地割开它的躯体
妻子站在旁边
嘴里不停地念着
阿弥陀佛

历史

一枚头盖骨
在透明的玻璃罩里
从深邃的洞中
看着我黑色的眼睛

我站在玻璃外
用黑色的眼睛看他
那深邃的洞中
看不到自己的影子

解说员
用她轻柔的语言
告诉我
那是公元前的历史

公元前我不知道别人
公元后别人不知道我
我只想问问
公元前他是不是裸体

我之生

一条虫
孩子稚嫩的声音
在哪
头盖骨的里面,刚进去

走出展览馆
天空飘起了小雨
一把拖把
正在擦去我的脚印

感悟生命（组诗）
——写在女儿出生时

◎产房前

从楼梯口到产房门前
是一条二米四宽的走廊
铺着四块六十厘米正方的瓷砖
走过去是十步
走过来还是十步
来来回回
我走过去，走过来
透过门缝，不时朝产房里瞧

妻子在里面，她要生产
顺产抑或剖腹产
婴儿将以什么方式诞生
这不是我关心的问题
是男是女
这也不是我的关注

我之生

我所关心的
是妻子能否平安回到我身边
我所关心的
是婴儿的第一声啼哭
这声音是否洪亮

跟我一起的
还有一个男人
他应该来自农村
他的妻子也在生产
他坐在椅子上
不停地抽着烟,吐着烟圈
这是他的第二个孩子
头一个是女儿
他希望这一个是男孩
生孩子好贵呀
说完这句话后就没有再说

终于,里面传来一声啼哭
一会儿,护士抱出来说
"恭喜,是个千金"
"千金,千金,赔钱的千金"
男人喃喃自语
转身离开了产房
走廊重新恢复安静
剩下我一个人数着瓷砖

千金多好呀
我在心里默默祈祷

◎ 我的婴儿

你就要来到这个世界
我的婴儿
你做好了这个准备吗
在妈妈的腹水中
你是天然的游泳健儿
可在尘世的大海里
你还能畅游吗

我的孩子
长大后你能否独善其身

你还是降临到了这个世界
我听到了你洪亮的一声啼哭
从你的坚持中我知道了生命的义无反顾
我爱你,我的婴儿
在人世间,我又多了一个至亲
无论怎样的风雨
我都将陪同你走上一程
等你睁开眼睛看这个世界
你纯净的眼睛里世界一定是纯净的

我之生

你会爱这个世界的
因为你相信一切都是美丽的
我又再次爱上了这个世界
因为你,我的婴儿来到了这个世界

人到中年（组诗）

◎壳

在你为我点燃四十五岁的蜡烛时
忧伤斟满酒杯，烛光照亮了时间的沧桑
谁带头唱起了"祝你生日快乐"
谁又在凌晨发来了祝你发财的短信
QQ空间里早已塞满了祝福的电子贺卡
叠加的祝福
在额头划出了漂亮的弧线

或许，这只是一次昙花的绽放
瞬间的惊艳因为凋零而更加悲伤
尘埃覆盖伤痕，一层一层加厚
如坚硬的壳，斑斑点点
每一点纹路都镌刻了蜕变的疼痛

四十五岁，就是四十五个年轮
就是四十五层厚厚的壳
由内到外，从透明到白到灰到黑

伤口结痂,疤痕修复,却已不能还原

现在的我,喜欢蜷缩在壳里
习惯壳里的温度,习惯壳里的安全
如果感觉胸闷气短时
就探出头,呼吸一下新鲜的空气

◎自画像

斟满黑夜的酒,任忧伤溢出酒杯
将青春一饮而尽,在醉意中舔舐伤痕
暗淡中,一滴掉落的酒里
怀抱的一颗骷髅,龇着牙对我嘲笑

和他对视,一团火焰在深邃的洞里燃烧
忧郁的汁一点点渗出,迅即挤占了整个空间
孤独的思想踮起脚,小心翼翼地从里面走出
像一个舞者,独自在黑夜里舞蹈
没有人鼓掌

逃出来了,从深不可测的洞里
跟失败者一样狼狈
我不是探险家,冒险已经在我的字典里消失
金属燃烧的火焰足以熔化我的灵魂
从今天开始
我只关心诗歌,关心酒,关心女人

◎纪念

生日这天,我翻开了一本词典
词典蒙上了厚厚的灰尘,有点陈旧
轻轻拂去灰尘,像拂去一次无须沉淀的记忆
一页一页地翻看,在一堆发黄的词中
我寻找一个被忘却的词
这个词源自母腹的水

一直奔跑,沿着时间前行的轨迹
没有注意一粒灰尘从出生到死亡的过程
也没有拾起那些前人散落的碎片
或许有人会拾起碎片,包括我的那些碎片
他们要拼接一张图片
图片中感兴趣的一段历史

不知道被忘却的词是否散落在那些碎片中
或者已经被埋葬,却忘记了立碑
回首时,我忽然看见那个词
躺在时间的棺材中,哦,那正是我的青春
它等着我来装殓、封棺、埋葬和纪念

◎行走

路还在,疲劳的骨骼压迫着肌肉

我之生

疼痛蔓延，毛发重新认识痉挛
蝉异常兴奋，和正午的太阳交媾热烈
我不敢停下，寻找下一个凉亭

爬，站立，跌跌撞撞地行走
接着学会了跑，一路狂奔
一边奔跑
一边捡起书本、爱情、儿女、车房
重量叠加着重量，却不明白沉重

再走，渐渐的，脚步慢了下来
开始喘着粗气，盛满激情的水壶倒空了
不经意的时候
还把青春、热情和梦想也丢失了

走下去，这是生命必需的历程
走下去，那块墓地就在前方
夕阳落下时，就和思想一起睡觉
留下半截墓碑站岗

◎远方

用一只眼眺望远方，远方潜在矿山的下面
矿山的那口井里，深埋着我的胎盘
千年之后，我的胎盘就会变成煤石
在焚化骨骸的火炉里燃烧，蹦出蓝色的火焰

用另一只眼盯着脚跟
脚跟踩着一枚发黄的枯叶
一只蚂蚁在叶脉上寻找冬天的食物
这是一只黑色的蚂蚁,和我的鞋一样的颜色
它爬上鞋,沿着裤管一直往上爬
爬到了它视线的顶端,和另一只眼对视
属于它的恐惧发生了,它被重重一击
弹到了远方

其实,我就在远方,远离出生,远离故乡
走出那座矿山
背影被一串串脚印踩进了泥土
像一颗种子,落在母亲的牵挂里萌芽长大
人到中年,回家的声音从心底发出
愈加急促
逆着阳光,在返回生命原点的路上
将背影扔给远方
——整理和收拾自己的欲念
熄灭远行的火焰
回到故乡,回到家,陪母亲慢慢老去
把潮湿的思念日记
在故乡的阳光下一页页晒干

光的合奏曲（组诗）

◎星光

仰望天空，这是我逃避孤独的方式
深邃的远方有颗明亮的眼睛
也在寻找另一种孤独
穿越无数光年层叠的距离
释放思想的情绪

和你对视，以孤独凝望孤独
这是思想者之间互相致意的方式
时隐时现的星光
忽明忽暗地思考着一个问题
天堂为啥在天空，地狱却在地底下

谁会上天堂，谁又会下地狱
是非之间什么是区隔
我和你不会相遇在尘世
可从你比遥远更远的光中
明白了真理的寂寞

借你的光芒,点燃我的灵魂
那缕燃烧的火焰
带着从黑暗中诞生的白一起升腾
在星空中那闪烁飘忽的
便是我点亮的星辰

◎灵光

在前方,在比远方更远的前方
像昙花一现,偶尔遇见你,却无法拥抱
扑朔迷离的你啊,其实并没有远离
你就在我眼前,环绕在周围

或许就在我体内,黏附在身体一处
和我一起呼吸,一起欲望
不要隐伏了,跃出来吧
赋予我智慧,赋予我灵感

做一个诗人,用诗歌来歌唱
唱给大山,唱给白云,唱给黑夜
还要唱给故乡和故乡的妹妹
没有你,我就不知道歌唱

哦,你不在我体内
在故乡的泥土里,在溪边的野花中

我之生

在妹妹的黑眸里,在妈妈的白发间
在一本书中夹着,在我冲动的笔里

◎ 阳光

不敢直视,面对你,我选择回避
体内的黑很厚实,堵塞了灵魂的出口
不能示人的欲望发酵、膨胀
如裂变的病菌,在吞噬微弱的温度

这是我的世界,主宰者是我自己
我的城堡门已关上,窗已封闭
蚂蚁、蟑螂,还有那只讨厌的老鼠
都是我的臣民,它们只服从我的命令

不要进来,我已经习惯阴暗和潮湿
哪来的风声,那是我的声音
密不透风的墙,坚固的墙
十几年精心构筑的墙啊,一定还牢固

蚂蚁,你这该死的蚂蚁
谁让你在城墙下挖凿巢穴
还有你,这只贪婪讨厌的老鼠
城堡外的食物也要偷来

光,曾经企盼的阳光

现在,怎么如此怕与你相遇
吞噬满世界的黑,这是你的能量之源
再多光年远的距离你也要穿越

拿走我的钥匙,打开我的城堡
放阳光进来,到我心皈依的时候了
焚烧体内的黑,让灵魂呼吸
我要重新回到母腹中,在胎盘上酣睡

◎灯光

从黑暗走进黑暗,从阴森走进阴森
迷茫在无边的深渊
只想遇见你,前方的灯
光亮穿越而来
黑暗渐次逃遁,阴森迅速消退

你占据黑暗的地方
光线亲吻着每一个角落
也亲吻着我
像给做了噩梦的孩子一个宽慰

紧紧地抱着你
将我的灵魂也交给你
在暗黑的地方
我已经沾染了污浊的尘埃

也吸入了浑浊的气体

请照耀我,成为你晶莹剔透的水
不含杂质的透明
不再有暗黑的影子
或者将我送回母亲的腹中
回到爱的原始中

◎X光

害怕遇见你,只因你洞察一切
包括埋入体内的黑暗
此刻面对你,我只有将自己交出
连同灵魂

你穿透衣物、皮肤、肌肉和骨骼
找出隐藏的影子
还有寒潮掠过后的痕迹
这个冬天,我失去了抵抗
诱惑撕开口子,导致了炎症

咳嗽漫延,整个世界都感冒了
风继续吹,从西方吹到东方
从北方吹到南方,一直吹到我的体内
一种冷漠的病毒
潜入意识,悄悄吞噬着我的精神

昨日不关心自己,今天我不关心人类

站在你的面前,无须一切伪装
就这样赤裸地将自己交给你
等待你逐一的扫描
隐藏的,暴露的还有假面的
都只得一一缴械

◎月光

昂着头,仰望着你
在夜的孤独处
和山旷一样孤独的石头
一起仰望你

桂树,玉兔,还有美丽的嫦娥
在童年的传说里
和我的梦想一样鲜活
一样破灭

只有荒芜,只有荒凉
只有冷冷的磨盘,冷冷的光
没有动物,没有植物,没有一切生命
就像今夜的我,没有一点生气

今夜我恨科学,我恨现实

我之生

我恨我自己太早醒来
没有将你紧紧搂在怀里
没有将故乡放在梦中

◎目光

我看见你,不是因为目光
不是我的眼睛有光
是我的心有光
我看见的是你的影子
是你被光捉出来的阴暗
是你不能示人的私欲

我看不见你,不是因为目光
即使我的眼睛有光
也是因为我的心没有光
你在干什么,你到底干了什么
不是目光看不见你
而是我的心让给了黑暗

我看见你,却看不见自己
看见的也是镜中相反的皮囊
是光下拉长延伸或缩小的影子
看不清楚自己的后背
目光只往前,不能向后顾

想看见自己，努力地看
总是看不清，灵魂一片模糊
眼里噙满泪珠，目光
失去焦距，模糊了一切影像
而心逐渐明朗了

◎萤火光

黑夜聚合的森林、荒野、坟地
点点星光飘浮其间，忽闪忽暗
哦，那是流萤，一只只小小的昆虫
它们扇动黑翅，飞来飞去
将黑暮点亮，如星斗密布的夜空

在腐草间，在小溪旁，在灌木丛
那是它们生命降临的地方
卑微无助，夏秋之间就轮回了生命
从卵到成虫，从生到死
它们点亮了自己的灯

恐怖从远方传来凄厉的嚎叫
黑暗生出层层夜色，排成屏障
穿越恐惧，穿越黑暗，穿越自己
在内心处，信念召唤我所有的力量
重新出发，从走出陷阱开始

我之生

熄灭的萤火请在我的心中复燃
把我体内所有的黑吞噬
让我的灵魂源源不断地输出光明的热量
我要在属于自己一隅的天空
点亮我的萤火光，融入宇宙的光河

◎烛光

如果不是因为制造浪漫
我不会点燃你
挤在拥堵的爱情时刻
瘪在蒙娜丽莎的一个角落
等待一次恋爱的出场秀

尚未谋面
就直奔主题，和一个女人
交换出生、学历、家庭和收入
还有未来的车房计划
忐忑才转成尴尬，就变成了无聊

暗淡的大厅，烛光晃动
透过一杯清水
从摇曳的影子中
我寻找
城市男女点燃爱情的火焰

◎ 火光

燃一堆火,将恐惧放逐给远山
嚎叫撕裂了宁静,黑夜不停地颤抖
披上秋风,裹紧北方吹来的寒气
和背靠之树的沧桑
聊聊静止,运动,生存和死亡

火焰蓬勃,木的骨骼时而折裂,吱吱作响
蓝色的火光一头扎进了夜色的深渊
黑夜沿着火光传递的方向扩张
远方,天空中一轮新月在云层里挣扎
和我的视线一起沉入云层

借着火焰的热量,我将疲倦抱入睡眠
一起入睡的还有身体贴着的大地
迷糊中,隐隐感觉我的魂魄已经离开肉体
来到那牵挂情感的故乡,久久不愿离去
仿佛还听到妈妈熟悉的呼唤声

离开故乡后,我站在高山的悬崖边
面向远方的群山,声嘶力竭地大声喊着
似乎要释放尘世中叠加的负重
晨曦,一阵清风拂过,发现自己睡在火边
火已熄灭,只有燃烧后的灰烬、青烟

十五的月亮

十五的月亮
很圆
圆的,就像故乡的井口
就像我手中的月饼

十五的月亮
很亮
亮的,就像家里的灯光
就像妈送我走的电筒

有人说
月有圆有缺
可我说
月亮就是圆的
圆的是光明
缺的也是光明

十五的月亮
勾起了诗人思乡的情感
光洁的圆月

成了笔下寄托的诗行
可我想妈的时候
却不看天上的月亮

再别龙溪河

再次见到你,龙溪河
二十五年后的你
竟像一位垂暮的老妇人
苍老而且邋遢

我来看你
只因那红彤彤的枫叶
夹在琼瑶《窗外》的那一枚
已经褪色

龙溪河,你怎么了
不见了,河畔飘动的柳絮
小燕回来时
可否找得到曾经的春风

不见了,清澈碧绿的流水
水底的青草
失去了婀娜飘摇的倩影
还有小虾小鱼呢

仅仅二十五年
我曾经清纯的小姑娘
已经老态龙钟了
独自流着忧伤的泪

好想再一次
在你怀里尽情地游来游去
和鱼虾一起嬉戏
让婀娜的水草也羡慕不已

好想再放歌一曲
回到那年少时的无忧无虑
和我心爱的姑娘
一起为你载歌载舞

龙溪河,再见了
天空飘落的雨丝细细
希望下次再来时
你能用欢畅的清流迎接我

十字路口

一纵一横
相遇在黑暗的深处,那是母亲的子宫

白色的夜遇见了黑色的昼
他们恋爱了,和城郊的老房子一起

北方的雪化了,裸露着太阳的心思
南方的河冻了,月亮驱赶着马匹,驮着
一页写给姐姐的诗,诗歌想着该怎样过河
冰层的厚度能否承受起那页纸的重量

东方走来了老了的老人,老人丢失了拐杖
拐杖落在路的树枝上,黑色的乌鸦夫妇在那
筑了巢,几只小雏鸟正破壳而出
一条黑色的蛇沿着拐杖爬向乌鸦的巢

西方挪过来年轻的女人,女人挺着大肚皮
婴儿想出来,小腿踢得女人的小肚皮咚咚响
羊水顺着女人的腿流出来,流到了泥土上
眼泪也流了下来,滴在了羊水里

今夜，我哪里也不去
就站在这南来北往东走西去的十字路口

现在，我什么也不想
也不想你，姐姐，还有姐姐的红头发

怀念海子（组诗）

◎海子，麦子、泥土及其孤独的天空

海子，兄弟们来到了五月的麦地
想听你背诵从春秋遗失的中国诗歌
不要责怪兄弟们的智力海拔太低
《诗经》《离骚》都在麦地里生长

麦子长在泥土里，过些日子就会熟了
收割麦子比收割诗歌容易
李白杜甫白居易不种麦子，只种诗歌
吃了麦子碾磨的白面馍馍才能去种唐诗

海子，你在泥土里种下了麦子，也种了诗歌
诗歌长成了麦子，还是泥土吃掉了诗歌
兄弟只看见麦子，却没看见诗歌
收割了一车车麦子
荒凉的泥土在黑夜里哭泣

兄弟将麦子磨成粉，也没有找到诗歌

只好烙一张大煎饼送给你，喝点水别噎着
大都市里不种麦子，土地贫瘠，干枯
兄弟担心你的种子不能发芽，成了泥土

孤独的天空一无所有，太阳和星星早已迷失
银河干涸，还没有打出井来
上帝的游泳池挤满了赤条条的诗句
搓一点汗垢揉成泥土就能长出丰满的麦子

◎我的灵魂从我的尸体飞过

月亮睡在上帝的被褥里，蒙着头，很香
宝宝睡在妈妈的手臂里，窝着头，很甜
我睡在哪里，我的头枕在长长的铁轨
一阵风，一阵风，带着灵魂飞翔

黑夜很重，撞在厚厚的山海关长城古墙上
我的灵魂从我的尸体飞过
麦子，兄弟，和一所面朝大海的房子
他们在那里抬着头，却不挥手致意

吉他甩在草丛里，石头扯下了一根线
悬在树杈上，黑乌鸦晾晒的短裤迎风飘扬
声音匍匐在《圣经》的扉页上哭泣
十个海子在黑土地里等待光明的春天受精

我之生

太阳放下了天梯，天空的门即将关闭
我的灵魂从我的尸体飞过，泥土正在撕咬
热情的火迎面扑来，灵魂极速爆裂
十个海子正在诞生，在海洋在大地在天空

◎海子，天才的尸体

在脱了缰的列车奔过去的刹那
看见一块块白云覆盖了你
那不是你的尸体，海子
天才的尸体穿越喜马拉雅山而去

一只疯了的黑乌鸦面对冷漠的铁轨唠叨
把尸体拉走火化，怎么没有看到灵魂
一棵卑微的小草从泥土伸出颤抖的手
扯下了忧伤的笔，还有一行眼泪

骨灰从尸体中站起，倒下，飘扬，飞落
老人小心翼翼地捡拾每一粒含有钙质的骨灰
撒在五月的麦地里像栽下棵棵麦苗
这是最好的肥料，麦子长势喜人

海子怀抱吉他，坐在山海关古长城的断墙上
不停地唱着我有一所房子，面朝大海，春暖花开
麦子在房子的周围聆听，老人也在聆听

海子疲倦了，麦子疲倦了，老人也疲倦了

踩在麦地里，知道自己还活在珍贵的人间
抚摸生长的麦子，仿佛灵魂就要摆脱肉体
的撕咬
把"患有精神分裂症"的鉴定咬碎，吞进
身体
让它随大肠运动融入泥土，和骨灰在一起

捉泥鳅的光屁股小孩

一夜的雨
在临近早晨的时候
停了
涨了水的小河
秋收后的稻田
正是捉泥鳅的好去处

光着屁股的孩子们
早就做好了准备
簸箕水桶
渔网瓷盆
你邀我，我喊你
三五成群来到村外的小河边

小河的水深了浑了
再也看不清河底
孩子们在熟悉的地方
卷起裤腿下了水
架上簸箕
安好渔网

赤脚踩几下
一人扶稳
一人赶水

收脚提网
小心翼翼
捉到了小鱼泥鳅
就露出了灿烂的笑容
没有捉到
也只是轻轻一声
"哎——"
接着再来

嘻嘻哈哈
吵吵闹闹
光屁股的孩子们
尽情地享受
大自然馈赠的乐趣

刚才还在小河中
此刻又到了稻田里
放下簸箕
丢下渔网
眼睛像鹰隼一样
寻找一个个泥鳅洞

又湿软又带点凉意的泥土

我之生

从孩子们的脚趾缝里
滋滋地往外冒
凉飕飕的麻痒痒
一个个像小泥猴似的

即使过了午饭
兴头上的孩子们
还不知道饥饿
村头传来了阵阵唤儿声
催促他们回家吃饭

回家咯
为首的孩子一声令下
孩子们提着各自的东西
吹着不成调的口哨
一边嬉笑一边打闹
像得胜的将军
兴高采烈地回家去
只有泥鳅在水桶里
涌动

小麻雀（组诗）

晒谷坪的小麻雀

小麻雀在它迷恋的季节
唱着赞美的歌
舞台搭在晒谷坪
它跳着家族传承的舞步
与稻谷一一握手
一只公鸡和一群母鸡
来给它捧场

阳光
努力追着它的影子
扫帚倚在墙角
一副懒散的样子
风车躲在屋檐
享受着清闲
小麻雀如明星般
展开翅膀
在晒谷坪盘旋了一圈

我之生

停在风车上

黄昏时分
太阳失去了阳刚
扫帚和风车挺足精神
与稻谷
唱起了欢快的歌
仿佛告诉小麻雀
主角已经更换

小麻雀挺着鼓鼓的肚子
飞到光秃的树枝上
那儿停着另一只麻雀
稻谷装进了竹筐
晒谷坪上
只有玻璃碴和碎石
还在讨论即临的冬天

◎一群麻雀停在电线上

一群麻雀停在电线上
叽叽喳喳地赞美秋天
黄金甲的稻谷
非常低调
泥土丢失了水珠
有点干燥

田鼠从田野探出头
斜着眼察看四周
十分警惕
确信没有风险后
大胆地嗫嚅着稻谷
一点也不理睬麻雀的感觉

吃饱了的田鼠
神气地嘲弄了麻雀一番
挺着肚子
悠闲地走进了田野深处
一只大黄狗从稻谷中窜出
惊起了数只虫蛾

麻雀们静静地停在电线上
想象着夕阳
掉进黑色编织的陷阱
渴望在明天的打谷场上
与稻谷亲密接触

◎冬天里，觅食的麻雀

孤独的夜晚
风哥哥带着雨妹妹
私奔到了南方

于是
雪花遍布了山川

一只麻雀
蜷缩在洞里
惊恐地看着飘落的雪花
盖住了从那胖人口中
吐出的饭粒

风继续呼啸,雪继续飘落
饥饿的麻雀打着冷战
它闭上眼睛
想象那个丰收的日子
像将军一样
检阅着列队在晒谷场的稻谷

风歇了,雪停了
麻雀振作精神飞向雪地
努力寻觅着那粒米饭
突然,一条穿着皮袄的狗窜出
麻雀奄奄一息
它一定后悔
为什么要来到城市

大筐小箩

◎两只大筐

黄色的灰尘
将岁月深深地刻在秋天的记忆里
像两个疲倦的老农
坐在门前的石阶上并肩靠着
默默地打量晾晒的稻子
和几只跳来跳去的麻雀
远处的夕阳没了精神
软软的光线照射下
一群小蚂蚁浩浩荡荡地开拔过来

两只大筐和岁月一样老去
如同年迈的父亲和母亲
装载过很多东西,红柑橘,黄稻谷
故乡的花鼓,父亲的老烟枪
还有童年的我,和我的童年
那时的两只大筐
崭新的竹条结实的麻绳

我之生

一头装着童年的我,一头装着秋天的收获
和父亲那不着边际的小调
一起在去往集镇的山路上飞扬

日子一页页翻过,岁月一年年交替
陈旧的两只大筐现在空空荡荡
缠绕的麻绳疲惫而浑身无力
曾经期盼收获的秋天早点到来
如今面对满地的金黄稻谷
和那挂满果树的红柑橘
困倦的两只大筐
在装载了一个又一个丰收的秋天后
终于平静下来
和故乡守着老屋的父亲母亲一样
不再欣喜

◎小背篼

像一位垂暮的母亲
静静地守在屋角的一隅
和黑暗和孤独诉说过去的时光
昔日上山下田的忙碌
一滴滴汗水和一根根青丝
在慢慢弯曲的脊梁上刻下艰难
无数趟月圆月缺的山径小路
被两条沉重的麻绳背起

一条背着贫穷的生活
一条背着富裕的梦想

小背篓呀,妹妹的摇篮
父亲那锋利的刀锋
解剖了一棵最高竹子的尸体
它的骨架怀抱着妹妹
随母亲的肩膀日出而作日落而息
猪草、柴薪、红薯还有妹妹的睡眠
压弯了山路,压弯了母亲的青春
一种深入骨骼的疼痛
重复诠释着放下、装满、背起的动作
像凤凰一样
妹妹从小背篼里飞出了大山

再一次面对角落的小背篼
苍老灰旧的它没了往日的光泽
望着空空荡荡的它
不可言状的悲情从心底直涌而上
喷薄而出的父爱母爱啊
面对艰难却是肩挑背扛拼尽全力
如今儿女走出了山村去了城市
却像大筐小篼一样固守清贫
那种装载的态度,那种负重的力量
如同生活中一首激情的诗

泥土四曲

◎ 瓦

青泥　水
糅合　旋转
入窑　火
烧烤　定格

进入城市
高悬在楼阁上
仿制成明清风景
看现代人伪造文物

落户村舍
陈列在平房顶
春夏秋冬
听满屋子的呢喃

阳光到此瘫痪

寒风在此骨折
雨水因此改道
雪花为此宁静

冰雹砸下，噼里啪啦
碎了，丢在了河边
一个孩子捡起来
在清清的河面
打水漂
口中数着一二三

◎砖

稻田的肌肉
被锋利的铁器割下
与水一起捏揉
然后被锻压
进入火窑
烧制定格
成了一块砖
砖被迫成了石头
有了石头的硬度
于是
在需要的地方
砌成墙
铺成路

我之生

筑成坝
垒成阶
或者被砍断
填塞窟窿

离开稻田的砖
再也没有回去亲近泥土
与沙子、水泥、钢筋
一起板结
埋在城市不断长高的建筑里
聆听房奴疼痛的呻吟

若干年后
建筑被拆
遍体鳞伤的砖
或许再次被埋进墙体
或许被风化成为泥土

在砖离开的稻田
我仿佛看到
禾苗痛苦地寻找
被割去的泥土肌肉

◎罐

同样是泥土的子孙

罐
唯有你
保持了朴素的本质

不嫉妒皇家宫廷的奢华
与瓷姐妹去争宠
不仰慕楼阁亭榭的高雅
不跟瓦姐妹去抢名
不羡慕高楼大厦的伟岸
不和砖兄弟去夺利
只是默默地走进百姓家
在墙角
在灶旁
在床下
守护秋天剩余的收获

萝卜、白菜、莴笋、黄瓜
或咸、或酸、或腌、或泡
在寒碜的农家
罐
支撑起一个真实的家
尘封的辛酸
在童年的记忆里
刻骨铭心

远离了罐的年代
闲居在城市里

我之生

怕自己遗失
家乡那独有的生动语言
只要来到一家酒店
总会点上一小碟泡菜
将心里的故乡
细细品尝

◎ 瓷

在唐宋的泥土里
你的名字
被熊熊的窑火
烙印在东方的国度
China
中国因你而扬名

沉下了
一艘艘满载繁荣的舰船
在太平洋
在印度洋
在大西洋
沉没了
一支支运输文明的驼队
在西域
在波斯湾
在阿拉伯

曾经的繁荣
曾经的文明
在两条丝绸之路上
演绎着中国瓷的荣耀

兰竹梅菊
花鸟虫鱼
火焰里跳跃着闲情雅致
宫廷秘史
闺中情趣
高温中勾勒出大国风度

毕竟你是脆弱的
易碎是你华丽背后的特征
不论《清明上河图》的盛况
还是敦煌莫高窟的神秘
你的沧桑
总是隐藏在火焰的背后

你是泥土的骄傲
高贵是你身份的象征
你是泥土的灵魂
纯洁是你雍容的全部

你出生在泥土
却投身于火海
你能傲立在金碧辉煌的宫殿

更能安身于暗淡无光的农舍

碎了
或者风化成泥土
或者在许多年后
成为一件珍奇古董
被世界研究

野菜素描（组诗）

◎野菜

一个野字
就道出了你的身份
生在野外
长在荒原
与风霜为伍
与荆棘相伴
在毫不起眼的地方
独自活着

无人打理
没人照料
只要一点点泥土
一点点雨水
你就会扎根发芽生长
马齿苋、水芹、车前草……
都是你的兄弟姐妹
你们有一个共同的名字

叫作野菜

因为野
你很难得到厨家的青睐
寻常百姓的餐桌
也难以寻觅你的踪迹
久居都市的我
却时常想起
那段清贫穷困的岁月

因为苦
你进不了朱门
却在饥荒的日子里
随母亲的竹篮
走进了
我贫穷的家
让饥肠辘辘的我
胃口大开

今天,再一次面对你
不是因为饥饿
也不是因为怀念
而是要用你的苦涩
给我和我的孩子
治疗肥胖症

◎苦菜

这一生
究竟有多苦
尝试过了才体会得到
母亲对我说
苦
是他们这一代人的
共同经历

贫瘠
是那个年代的集体记忆
饥饿
是母亲一辈的青春感受
废墟中
一株葳蕤的苦菜
足以
让母亲露出笑容

坐在大酒店奢华的包厢里
远离乡村的我
望着满桌的山珍海鲜
一种苦涩
突然从心中涌出
苦菜
母亲

故乡
萦绕在我的眼前
久久不去

◎野胡葱

一场雨过后
你便疯长
像春天的野草一样
一下子就蔓延了

第一次见到
是在姐姐的手中
那像翠草一样的植物
根部吊着
一个白色的小球
姐姐告诉我
这就是野胡葱
她在矿井的后山扯的
从此便认识了你

一把野胡葱
两个鸡蛋
一道香喷喷的菜
很快就端上了饭桌
至今

在我的舌尖上
还留着香气

又是清明
又是野胡葱茂盛的季节
记忆
从舌尖上跑出来
似乎告诉我
想你了

◎香椿芽

是谁这么狠心
一次又一次
斩断你追求春天的努力
每一次
你精心献给春天的嫩芽
都被无情地采摘了
而你
却不改初心
让春风
亲吻了一下后
又忍痛
从尚未愈合的伤口处
捧出
那一片片

我之生

略带绛红色血丝的叶脉

走在山冈上
一棵香椿树
在我的前面舒展
释放着沁人的香气
如涅槃的凤凰
如经历过血与火的战士
坚毅而顽强
像是迎接我的到来
又似乎
在向我诠释
一个伟大的生命

香椿树啊
你对春天的执着
就如你
扎根的这片土地
和这片土地上的人民
伟大
与不屈不挠

◎蕨菜

一场夜雨
唤来了春天的脚步

一个家伙
从黄土中探出头来
悄悄的
毛茸茸的脑袋
羞涩地弯着
像婴儿的小拳头
微握
娇柔的枝干
散发出原野的清香
哦
这就是山菜之王

走在小镇上
寻找童年熟悉的故事
突然
一个声音打断了思绪
"买蕨菜吗？"
一个老人的叫卖
她和我母亲的年纪相仿
七十多岁
来一捆蕨菜
我想吃
妈妈做的"蕨菜炒腊肉"
当我说出这句话时
眼睛里
已经噙满了泪水

尘土飞扬（组诗）

◎尘

惊慌的鹿群
奔跑的蹄印踏碎了宁静的原野
滚滚的灰尘
于凄厉的叫声里纷纷落下
撕咬和挣扎
转换之间，就将生死覆盖

忽然，悬浮的小土
一呼一吸时
侵入脆弱的肺，瞬间感到窒息
只好躺下，等待秃鹫
将我撕成碎片，让骨肉的屑末
飘入湛蓝的天空

◎土

掘开长满蒿草的泥堆

找不到你的尸骨
我的祖先啊
虫蚁镂空的棺木里
只有黏稠的泥土

捧起一把土
酥软温润
敬畏从手心穿过
直抵灵魂深处

红色的黑色的黄色的土
从脚下向前延伸
沉默的土
是我们生命之本
和生死相依的家园

忽然明白
离开故土的人
眼里为什么总含着泪水
在强盗入侵时
就有人挺身而出，舍命相搏

我的祖国啊
这里的每一粒土
是祖先的骨肉，父亲的骨肉
和我们的骨肉
侵略者休想从你的身上剜去

◎灰

一阵干咳后
母亲打开陈旧的木门
门上，凶神恶煞般的程咬金
早已泛白，不再威严
清凉的风与鸟鸣首先进入老屋
在父亲的遗像前
向一只蜘蛛
描述清晨

母亲来到井边
摇动那冰冷的铁柄
连续的一上一下
水顺着管口落进小木桶
母亲开始洗脸
洗那张和核桃一样褶皱的脸
也洗日夜重复的时光

母亲点燃三根香
朝父亲的遗像拜了三拜
嘴里念叨着只有她自己明白的话
然后扫地
扫来扫去，都是过去的
灰

灯，光，夜（组诗）

◎灯

见不到你，自由的小鸟
这间低矮简陋的房
除了墙
只有一扇又窄又小的铁门
和老鼠一样
在地面之下舔舐残羹

黑，越聚越厚
如磐石，垒在我生活的空间
这是一座阴森的监狱
囚禁着我
和我对天空的向往

我不抱怨命运的责难
也不幻想幸福的降临
困顿时
我会打开一扇心窗

我之生

那里有姹紫嫣红的春天
黑暗里
我就自以为灯
照亮脚下的路

◎ 光

留下一点黑暗
让黑立在睫毛上
点燃凝望星空的欲念

如果光占据每个角落
喧嚣就会炸碎
童年构筑的梦幻城堡
遥远的星空
不再是我的牵挂

留下一点黑暗
好让光
在抱着宁静睡觉的时候
进入我的梦境
照亮灵魂

◎ 夜

关上门

拉上窗帘
熄灭灯
不要放一点光线进来
好了
这是我的夜

扯掉电话线
关闭手机
让所有的声音消失
也包括呼吸声
就这样
我要安宁躁动的心

密封自己
杜绝尘世的骚扰
放下烦恼
舍弃欲望
并不缺少什么
何必苦苦奔波

此刻
我需要的是冥想
或者沉睡
宁静的夜
能清晰地听到
灵魂的声音

浴

关上门,把一切偷窥关在外面
就这样,卸下所有的伪装
一丝不挂地躺在你的手掌
把我交给你,不再有任何遮挡
彻底坦诚,还原时间和空间
血管干枯,风抽走了唯一的血滴
在天空中独自舞蹈

火焰升起,坚硬的铁有了温度
毛发碾碎了热量,肌肉吞噬了冰冷
门被打开,视线聚焦了全部
白色的脊梁骨中一片金属
熠熠发光

茧

吐完最后一根丝,你就封闭自己
用一种决然的勇气
在自己编织的白色巢穴中
和尘世做一次了结

像高僧一样,盘坐在自己的空间
思忖未来或者检视昨天
外面的风和雨
也无法打乱你此刻的禅悟

从卵到幼虫,再蜷缩成蛹
生命一次次蜕变
谁也无法预料你最后的演绎
却是翅羽翩翩的惊艳炫美

老去

这是我吗
鬓角泛白,胡子拉碴
满脸的褶皱,垂下的眼袋

不,这不是我
镜子中的老头,你是谁

我是你,就是你呀
不,不,不,你不是我
愤怒的我
将手中的茶杯
朝镜子狠狠砸去
然后
逃之夭夭……

当我老了

当我老了，头发白了，牙齿落了
躺在摇椅中，任阳光锁进皱纹的故事里
合上眼睑，慢慢地翻阅岁月的文字
回想曾经的月下激情，花丛浪漫

爱过我的和我爱过的
都在模糊的搜索中碎成断断续续的回忆
只有你满脸的褶皱和蹒跚的脚步
在身边晃来晃去，阻止我的睡意

不再对青春的背影凝眸
和你相拥的呢喃与山盟海誓
已经苍白，谎言、诺言、誓言
如凋零的玫瑰，如沉入地平线的夕阳

我需要一把躺椅

我需要一把躺椅
一把安放在世界中的躺椅
可以安放在珠穆朗玛的雪峰之巅
也可以安放在雅鲁藏布江的峡谷之底
可以安放在撒哈拉沙漠之中
也可以安放在亚马逊森林之处
只要给我一把躺椅
无论安放在世界的哪个角落
只要能让我疲惫的身躯躺在上面
静静地躺着

我需要一把躺椅
一把能够让我随时看到的躺椅
这个世界有太多和我一样疲惫的生命
需要一个歇息的地方
或坐或躺
而我更愿意躺下来
让整个身体都伏贴在椅子上
然后望着天空,看看行云
看看夜空中的一闪一闪的星星

也可以是呆呆的，什么都不看
或者闭着眼睛，什么也不想
让灵魂和躯体都完全放松

我需要一把躺椅
就像一把安放在卧室的躺椅
无论走到哪里都是回家
把喧嚣和疲惫都关在家门之外
跟拍打掉身上的尘土一样
连同心里深处的疲倦

我需要一把躺椅
即使我没有躺在上面
我也希望能给因跋涉而疲惫的生命
带去慰藉
只要坐上去或躺下来
就感受到温暖、祥和、宁静
就像阳光下一名安详的老者
享受着与世无争的时光

我需要一把躺椅
让我静静地躺着，舒适地躺着
除了躯体，还有灵魂

站在三十三层的楼顶上

站在三十三层的楼顶上
风穿过我的胸膛
沿着混凝土直达地面
将密密麻麻的蚂蚁
吹得向东、向西、向南,向北地奔跑

幼小的蚂蚁、年轻的蚂蚁
壮年的蚂蚁、衰老的蚂蚁
它们驮着食物、驮着房子,驮着车子
还有它们渐渐死去的身体

忽然,它们都停了下来
仰着头,拼命地拉扯自己的脖颈
仰望着我
仰望着站在三十三层楼顶上的我
像观赏一尊即将消亡的雕像

一道阴影从地面射入我的眼睛
我转过身,背向地上密密麻麻的蚂蚁
然后,一声不吭地离开
只留下长长的影子
和背后那群蚂蚁的长长的叹息声

谢谢你，陪我走了这一程

谢谢你，陪我走了这一程
驻足在与你分别的地方
回首一起走过的小径
默默回想风雨中留下的场景
还有你黑夜里发出温馨的声音
回忆你挥洒在天空中的笑容
还有你那豪放不羁的洒脱
让我忐忑的心情回复到平静
望着你前方淡去的背影
祈盼吹向你的微风
化作我真挚的祝福陪伴你左右

谢谢你，陪我走了这一程
虽然这一程风雨交加
却在我的眼前呈现出灿烂的彩虹
虽然这一程极其短暂
却在我的内心化作了永恒的时光
你的陪伴已经点燃了我的激情
无论前行的路多么泥泞
我都会坚定地走下去

谢谢你，陪我走了这一程
当我开启了下一段路
注定所踩下每一个脚印
都有你的叮嘱和希望
即使喧嚣的路上
孤独是我必须面对的宿命
我也会欢喜地前行

谢谢你，陪我走了这一程
当我坐在窗前端起一杯茶时
望着窗外遥远的星空
那点点的星光
就是你挥洒的灿烂笑容
照亮我的一生

自信生死连万世
真我总被众生扬
——评长诗《我之生，我之死》

◇ 塞宾的左手

我曾问自己一个问题，就是写好一篇长诗最需要的是什么？我觉得，丰富的知识积淀当然是必需的，但最为关键的东西，还在于"气劲"二字。就是写长诗，首先你要有一股气；同时，这股气还要有足够的劲道。而在阅读文斌兄的长诗《我之生，我之死》的时候，给我感触最深的，就是文字当中那一股始终雄浑而又连绵不绝的气劲。

沿着这股气劲，这首长诗和我们探讨了一些重要的人生命题。我曾问过作者，写这样的文字有什么写作背景。作者说，主要是出于三方面：一是人到中年，对人生、社会、人类的思考就多了，人类到底要如何发展，发展到什么阶段就天人合一了，值得深思；二是写诗多年，一直都想写一首长诗；三是参加了两场葬礼，对生死有了更深刻的认识。

而我对这首诗的认识，首先是生命的能量。当我们从一开始读这首长诗，直到最终读完，都能感觉到一股始终充盈的生命能量。很多时候，我们的人生在过了青春期之后，就会陷入倦怠当中，生命再难展现出蓬勃的色彩，一切都会显得像是一潭偶有波澜的死水。这样的日子过久了,我们的心底就会出现一种由衷的愿望,那就是希望被一种强大的生命能量所震撼、征服。而这首长诗就用一种无俦的气劲,将诸多人生命题一一道来,其中讲到崇拜、讲到批判、讲到转换、讲到开创。而这一切,都以一个人充盈而饱满的热情加以叙述,于是注入了能量的概念,就成了信念。

其次,从这篇文字当中,我理解到了一个重要的道理,就像歌里唱的"我在这里欢笑,我在这里哭泣,我在这儿出生,也将在这儿死去",生即是死,死就是生。所谓的"我之生,我之死",说的并不是单纯的"我",而是我所生长的土地。我的生,和这片土地有关系;我的死,仍将和这片土地有关系。只有当我的生死都和我生长的这片土地产生紧密的关联时,那么我的生才有价值,我的死才有意义。纵览全篇,我们处处都能看见作者着力营造的这种自身与生存环境之间的关系。作者为了让自身的存在显得强大,故而将自己化为生存环境的代言者。为了使自己显得更加强大,故而将自己化为生存环境的改造者。而且这种意志,显得没有动摇,也没有时限,正所谓"纵千帆逝尽、乌鹊不还、残月含血,士困空山,依旧浩天阔海,紫气东来"。

然后就是这首长诗,始终都把诗和艺术的神祇放在一个很显著的位置上。如果说按照马克思的说法"社会有上层建筑",那么在这首长诗中,作者自身的上层建筑,无疑就是诗歌。我和很多人讨论过,诗歌到底应该承载怎样的价值和意义?有论者认为,诗歌不应承担任何的社会责任,应该让它自由，让它专注于表达自己。而我的观点则一直都倾向于，诗歌是要承载社会责任的。或者说，诗是一种很好的人生观、世界观的载体。有了诗歌，你便能够占据一个制高点，从这个制高点向下俯瞰，原本在平地里感觉茫然的东西，很多都会得到鲜明的答案。热爱诗，热爱代表诗的神祇，其实是一种呼唤。唤醒那个站在制高点上的自己，用那个位置上所独有的眼光看待世界。于是这篇文字，才有了如此瑰丽的色彩。

而当一个人从神祇那里继承到了思维的精髓，那么在适当的时候，他就要自己开创一些东西了。而在这篇文字里，这种开创的表现方式，一是控斥。关于一些所谓的灰色调文字，我有过这样的总结："大悲自有大沉寂，勘破沉寂是欢喜。"在这首诗里的多处控斥中，这些文字显得让人消沉、绝望和自省。消沉和绝望后的自省，是最为关键的。种种的绝望，会消释一些浮夸的信心，热情最终留下来了，则是最为坚定的信念。而在控斥过后，作者便引领读者踏上一条征途。这条征途充满艰难和挑战，但恰恰是这些艰难和挑战，更激起了人越挫越勇、遇强则强的斗志。而在征途之后，是胜利与收获。此时充满了平静与祥和，一切都显得那样安宁而美好。而这一切，都是在暗示一种开创的历程。

但是"路漫漫其修远兮"，其实斗争是永无止息的。这里就要提到诗人的作用了。前面说过诗歌是观念的载体，那么诗人就是诗歌的载体。而间接的，诗人的诗歌里，就必须充满观念。这些观念需要鲜明而犀利，能够直达事物的核心。这些观念需要浩瀚而宽容，能够让人感觉到万物的玄妙。诗人的使命，不单是把这些观念说出来，而更要让人感觉到，他是这些观念的履行者和实践者。由此诞生的文字，才会被注入精魄，才可能得到充分的反映和回响。

最后，作者和我们讨论了死亡。作为一个诗人，我和作者一样，不同意"好死不如赖活着"的说法。就像某位"感动中国"人物获奖者说的：要么就快快地死，要么就精彩地活。我们确实应这样：生命诚可贵，爱情价更高。若为自由故，两者皆可抛。这说明比起生命来，信仰是更珍贵的东西。如果一个人失去了追求信仰的权利，那么活着就是一种煎熬了。所以作者是在告诉人们，不要仅仅把活着当成是一种最低的标准，我们要生活。于是为了达成这点，我们就要给自己树立一个远大的理想，要建立起对一些事物的热爱。要有丰富的手段，去达成和实现自己的理想，要能够妥协，而不是舍弃。

在讨论完死亡之后，作者进一步阐释了生与死的关系。辩证法说明，矛盾对立的双方，无不在一定情况下相互转化。而生与死的转化，其实就尽头与起始的关系。所谓"天地不自生，故能长生"，一切长生的东西，讲究的就是一个无始无终。而当一个人真正明白了生死之后，生与死也就无始无终了。或者说，但一个人的命运融入一群人的命运中的时候，一个人的命运才会有承接和延续。在这点上，强调人与人的共性与沟通，其实便是文学的根本意义和价值。被懂得、被理解、被鼓舞、被信任，很多事情，只有你一个人是无法完成的。也正是因为人们普遍地相信了这点，往圣的绝学才有人继承，万世的太平才有人开创。

综合起来，人活在世上，需要有一股生命能量。其次，你要和你的生存环境有紧密的联系。然后你需要有信仰，无论是信仰神祇或是真理或是道德。而有了信仰之后，你要用这种信仰去开创属于自己的未来。而作为一个诗人，必须注入对信念的履行与实践。而生命不能苟且，理想可以妥协，但不能舍弃。而最终，将小我融入大我，才能生生不息，这也是文学存在的根本目的。

所以用一句话概括这些内容，那就是：我的出生是因为能量、因为土地、因为信仰，我的成长是因为履行、因为坚持、因为开创，而我的死亡是因为融入、回归、继承。

（塞宾的左手，本名黄峥劼，网络诗人，诗评家。因作品风格独特而风靡网络。）

火光
——浅谈刘文斌长诗《我之生，我之死》

◇高峻森

人类因有了文字，才有了文明；有了历史，才有了社会的进步与发展。诗歌作为文学体裁中的艺术之最，理所当然，便成了历朝历代文人墨客、批评家们无休无止的争论焦点。

我始终认为，一篇作品无论好或坏，都必须要紧连国家命运，要有担当，人文的担当，家庭的担当，社会的担当，方才是一篇有着可读性的好文章。

从我国第一部诗歌总集《诗经》出发，一直到二十世纪末，无论是哪一种体裁的作品，只要文字关系到民族兴亡、百姓命运的，无论时代相隔多远，都如夜晚苍穹悬挂的北斗七星，沿着它的方向，就能找到心中的目的地，在地球上夜行的人将永不会迷失方向。

在中国文坛上，从古到今，把心和祖国紧连在一起的作家不胜枚举，像老子、孔子、屈原、陶渊明、杜甫、苏东坡、陆游、辛弃疾、吴承恩、罗贯中、施耐庵、曹雪芹、鲁迅、艾青、沈从文、陈忠实、余华、刘心武、莫言等著名作家，他们的名字同作品之所以能被后人记住并广为传颂，就是因为他们的作品时时刻刻都和祖国、人民的命运紧连在一起。他们虽"居庙堂之高，处江湖之远"，但有一颗"先天下之忧而忧，后天下之乐而乐"的火热的心。

遗憾的是，随着人们物质生活的大大改善，世界在飞速发展，有些人的灵魂却跟不上时代的脚步了。我们有些作家不再担当起使命来，变得慵懒、自我、消遣，作品全是无病呻吟。有的作家整天沉迷于温柔乡里，看似超强的想象力、文字表达力，那又怎么能创作出有震撼力、能让广大读者产生共鸣的沉甸甸作品来呢？

当我们正为当代文学满是担忧时，刘文斌先生的长诗《我之死，我之死》像一道强烈的闪电划破夜空，其光芒甚至把整个黑暗的旷野照亮得如同白昼。

全诗一百余节，每节九行。诗人于2011年1月28日在湖南省邵阳市动笔，2013年8月21日在长沙市收笔，辗转了两个城市，为时两年零七个月，一首气势磅礴、振奋人心、富含人生哲理的对生与死满是凝重思考的长诗呈现在读者眼前，惊人无限。

从宏观来看，全诗共分两部分，即前一百节写"我之生"，其余章节写"我之死"。于微观来看，里面涉及的内容非常多，天文、地理、人生、信仰、宇宙、环境、历史、现在、将来……包罗万象，只要是世上有的，不管是有形还是无形，此诗都有所涉及。纵观古今，以诗歌为体裁，《我之生，我之死》的写作风格跟屈原的长篇史诗《离骚》极其相似。

《我之生，我之死》虽说是首长诗，但语言并不深奥，逻辑也并不复杂。诗人自始至终保持着一颗平缓柔和的心态，用讲故事的口吻向我们娓娓讲述生的意义与死的道理。读者一口气读下来，除了振奋与激动、思考与感慨外，丝毫没有丁点儿的疲劳与怠倦。

> 漆黑的夜，抚摸着深深的海
> 遥远的天空在海水上痉挛
> 有谁知道，这是新的一日
> 一个生命在苍天的子宫着床
> 不愿降临世界的我是谁
> 光芒从天而降穿透了海水
> 那是我——伟大的诗神
> 赤热而透明的心
> 从海上升起，就像耀眼的恒星

这是长诗《我之生，我之死》的开篇之作。我相信，当读者读到这一节的时候，很自然地在脑海中就浮现出了《圣经》里面的开篇《创世纪》：神说要有光，就有了光。其实，诗人的这首长诗正是引用与结合了多本在世界上有着非常有影响力的著作，再加以自己的思考和提炼才完成的。基督教的《圣经》、佛教的《金刚经》、老子的《道德经》、黄帝的《黄帝内经》、孔子的《论语》、屈原的《离骚》、艾青的《大堰河——我的保姆》、方志敏的《可爱的中国》等，在这首长诗里随处都能见到他们的影子。

"夜""海""痉挛""新的一日""生命"

"苍天""子宫""床""降临世界""光芒""穿透""伟大的诗神""恒星",单看这些字或词,就让我们想起了老子《道德经》阐述的有形和无形。宇宙万物,都是从最初的漆黑混沌无形慢慢演变为明亮多彩有形的,任何有生命的物体,都是在阴阳结合下诞生的。中国古代的《说文解字》说的最后一个字是"亥"。在历法里,"亥"是天干排行的最后一位,相对应的地支也是最后一位"猪"。古代的象形文字"亥"在十二地支中代表十月,这时大地尚有微弱的阳气产生,紧接着越来越深的阴气降临。字形采用"二"做偏旁,"二"字偏旁在古代是写在上方的,"亥"字的下方有两个人,分别指男人和女人,字形也采用"乙"做偏旁,像怀着胎儿腹部拳曲的样子。而"亥"的读音跟"孩"是谐音。古人真是智慧无穷,中国汉字也是博大精深。通过这个"亥"字的解说,我们基本上明白了《说文解字》为什么要把"亥"放在最后。一个新的生命诞生,必须是要有一个男人和一个女人在阴盛阳衰的时辰和谐交媾,这是天地万物亘古不变的定律,违背就要受惩罚。《道德经》是这样说的,在作者这首长诗里,还是这样说。诗人把"天空"比作父亲,把"海"比作母亲。在大自然的指令下,父亲和母亲在漆黑的夜晚和谐交媾,诞生出来了"我"。于是,故事便有了下文,也有了长诗"我之生"的描述和"我之死"的思考。

　　此诗真的如我这样解释的吗?诗人在第二节里说:

我之生

> 我是太阳的精子
> 我是月亮的卵子
> 日之阳,月之阴
> 天之灵,地之魂
> 那是我心脏跳动的脉搏
> 我在浩瀚的宇宙降生
> 银河是我出生的产房
> 没有一个肉体和灵魂在激烈的风云中
> 为这生命的芭蕾鼓掌

当我们读完这一节后,我想,之前持有怀疑态度的读者,此时应该把一颗怀疑的心放了下来吧。

接下来的九十八节诗歌,全部都是围绕"我之生"来抒情、展开叙说的,里面关系到的无论是人还是物,都非常庞大。其实,诗人这里的"我"并不是单指诗人自己,而是指的我们所有生活在这个地球上的人。因为,诗歌呈现出来的,无论是思考、感喟,还是哲理,都和我们每一个人息息相关。

> 喧嚣的尘世如此纷乱而无常
> 远古的民谣渐渐远去
> 谁来宁静你我浮躁的心灵
> 是上帝耶和华,是圣主穆罕默德
> 是佛祖释迦牟尼,还是……
> 圣明的声音如此悦耳动听
> 仿佛我已经回到母亲的腹中

享受那无我的欢乐
在飞翔中感悟到了非常的天道

前面说到,这首长诗从宏观概念上分为两大部分"我之生"和"我之死"。那么,在"生"与"死"的交汇处,必然会有一个中转站。那么,这首长诗的中转站就在第100节。我们来看这一节的内容:

生即是死,死也是生
生是死延续的过程
死是生循环的开始
过去的那一刻已经死亡
却在记忆中生存了
每时死亡的是肉体和意识
每刻生存的是思想和灵魂
肉体死亡重新进入物质循环
灵魂不朽才被岁月传承

在这里,诗人非常明晰地就把生和死的意义交代得完完整整,诠释得清清楚楚。在这个世界上,任何有生命的物体,在来世界之前,都是一种偶然,当他(她或它)偶然来到这个世界后,那么,死注定就是最后的归宿,是必然。这是自然规律,也是科学道理,任何人或物都无法躲过这一劫。看似是一种悲剧,但在诗人的思想意识里,是非常从容和理性的。老子的《道德经》第四十二章说:"道生一,一生二,二生三,三生万物。万物负阴而抱阳,冲气以为和。"意思是说:

道是独一无二的,道本身包含阴阳二气,阴阳二气相交而形成一种和谐的状态,万物在这种状态中产生。万物背阴而向阳,并且在阴阳二气的互相激荡之下而成新的和谐体。人的生命是有限的,但通过精子和卵子相结合,血脉就能代代延续下去。这是道给人类留下来的恩赐。但道和德又是紧连一起的,如果一个人光有道(生命的存在或血脉的延续),而没有德(精神的继承),那么,这个人一样是死了的,甚至比死了肉身更无意义。老诗人臧克家在纪念鲁迅的诗歌里说:"有的人死了,他还活着,有的人活着,他已经死了。"这说的正是一个人唯有精神永存的道理。诗人刘文斌先生在诗中说的也是这个道理。一个不惑之年的诗人,对生与死的思考可谓已然非常透彻。

> 不是所有的人都有灵魂
> 不是所有的死亡都被纪念
> 出于亲情或者友情
> 我们去悼念某位死去的人
> 偶尔也会在清明时节
> 燃炷香献束花进行祭奠
> 但时间会要我们忘记他们
> 可有些人岁月记住了
> 不是因为伟大而是因为邪恶

这是长诗第 101 节,也可以说是全诗后半部分关于探讨"我之死"的第一首。从诗的内容上看,我们可以找到一些诗人写这首长诗的痕迹。"亲情""友情""悼念""死去的人",我怎么也不愿意看见前面两个美好的词和后面两个骇人听闻的词联系在一起。尽管不愿意，也不相信，但诗人就是这样写的。而且，道法里讲的生老病死，乃是自然现象，但作为有着高级思想的人，还是难以接受这一事实。从诗里，我感觉诗人一定是有参加过亲人或是朋友的丧礼后，在心中烙下了深深的印记，而这个故去的人在诗人心中有一定的分量，并和自己年龄相仿。诗人现在的年龄不到五十岁，提笔写这首诗的时间是2011年元月，我们可以根据写作时间推算，就能推出故去的那个人年龄一定是在中年或是壮年。道法讲生老病死属自然现象，但诗人笔下这个故去的人并非属自然现象，如日中天的大好年华，却因种种原因告别了生命，这不禁让人唏嘘、喟叹、悲痛，哀凉。那场面呈现在诗人面前，不得不让诗人在心中产生对生命的思考，以致最后决心提笔来书写这首长诗。

　　面对逝去的亲人或朋友，我们心中无疑是悲痛的，但人死不能复生，必须接受事实，处理后事，剩下的就是恢复我们的正常生活。每当清明到来时，我们总会到死者墓前祭奠一番。这不仅是对死者的一种缅怀，更多的，是给我们的一次心灵大涤荡，告诉我们生命的意义到底是什么，告诉我们人应当怎样生、路应当怎样行。"可有些人岁月记住了/不是因为伟大而是因为邪恶"，这正如诗人臧克家悼念鲁迅的诗歌《有的人》有着异曲同工之妙。

　　如今我们生活的这个社会，被各色各样的欲望所占领、污染，使人没有丝毫的时间停下来缓和身心的劳累。许多人为了金钱、地位、美色，不择手段，不顾性命去争取，虽然最后有些人实现了自己最初的愿望，但是，悲剧也在这个时候发生了，因积劳成疾或冷落了身边的亲人朋友，或多行不义必自毙，使自己失去的比得到的要多许多。悲剧一旦产生，后悔也就来不及了。这样的事例在当今社会，在我们身边每天都有发生。人生在世，非常短暂，活着到底是为了什么？当诗人每天看见或听见这些悲剧故事后，作为芸芸众生中的一员，更是一位关心民族、关心百姓生活的诗人，对生与死的意义及价值的思考就不由自主占据了整个灵魂。

当诗人看见这个社会有太多的人为了个人利益不择手段去戕害无辜时，诗人的心是悲悯的、痛苦的，但又是无可奈何的。这时，除了愤怒与呐喊，就是把自己生命中最后有限的能量拿出来贡献。肉身的活不是真正的生，只有灵魂的活才是永久的生。生在这个世界，只有奉献出无私的爱心，精神才能永久被后人继承。诗人说只要是对疼痛的人有用，自己的肝、肾、肺以及身体的任何器官，都可以捐献出来。虽然看起来，感觉诗人是在说大话、空话、套话，但如果我们从侧面看，或者把整首诗歌认真读完，或者对诗人的现实生活有所了解，我们就不会这样认为了。事实上，我们也无须这样认为。因为，剧作家沙叶新在他为数不多的一首诗歌《也要相信》里面告诉我们："纵然我被欺骗一千次，一万次/我也相信/总有一朵花是香的/总有一滴血是暖的/总有一种情是真的。"

登上来了，都登上来了
光芒四射的圣殿
因我护送的灵魂更加光芒
晶莹的天梯收起了
神秘的天庭合上了天门
一束光，一束太阳生命之光
将我送回了世界的东方
在这里，我将以缪斯的名义
为每颗灵魂一一吟诵

　　这是全诗的收笔之作，即是对死的总结，亦是对生死的总结，如凤凰涅槃。诗人写到："登上来吧，都登上来/这里是圣殿/是灵魂自由飞翔的圣殿。"而在最后一节写到："登上来了，都登上来了/光芒四射的圣殿/因我护送的灵魂更加光芒。"看似内容差不多，只几个字的变动，但正是因为这几个字的变动，意义才有了彻底改变。"登上来吧，都登上来"写的是诗人已经登顶，但下面的人还未到达，并不是真正的成功。诗人正在奋力呼叫，给下面努力攀爬的人助威、呐喊。这时候，可以说是全诗的高潮，最激动人心的一刻，犹如运动场上长跑运动员最后的冲刺，整个会场也最触目惊心。因为，成功失败就在这一念诞生。想必，诗人歇斯底里的呐喊一定是有效的，因为："这是圣殿/是灵魂自由飞翔的圣殿"，正如大唐玄奘西天取经经历了前八十难，只差最后一难，是无论如何也不会放弃的。这时的人，或者说是灵魂，表情都是凝重、严肃、紧张的，脸上没有任何笑的痕迹，全在努力朝圣殿顶峰攀登。"登上来了，都登上来了。"这两个"了"字是相同的语调，是缓和的，是下面的人登上了圣殿后，诗人从肺中舒放出来的一口长气，和之前"登上来吧，都登上来"的语气有着显然的不同。

　　来从哪里来，去就要回到那里去。这正如诗人所说"生即是死，死也是生"的因果关系。整首诗歌我们看似诗人涉及了许许多多的人和事，包含了西方的基督教、印度的佛教、中国的道教，有点让人匪夷所思，不可理解。其实，悟透了，道理就非常简单，诗人想说的，就是要我们每一个人尊重生命，不要去亵渎它，要在有限的生命里，去崇尚爱，崇尚真善美，用自己真爱的红心与善美的源泉去灌输身边每一个人，帮助那些思想、灵魂受到污染的人，引领他们正确面对生，从容面对死，才是生命价值的真正所在。

(2013年10月21—22日于广州白云区)

简评《我之生，我之死》

◇金川

我读《我之生，我之死》（1—10）时，匆匆读过，没有做过深的思考。

说真话，读过里尔克的《致俄尔普斯的十四行》，读过艾略特的《荒原》，读过艾青的《大堰河，我的保姆》，读过屈原的《离骚》，读过帕斯的《太阳石》，读过聂鲁达的《伐木者醒来吧》，读过柯尔律治的《船长行》，读过《荷马史诗》（史诗不是长诗，是比较长），等等。读过许多巨匠、大诗人的长诗，而且我也写过长诗，之后，真正能吸引我的眼球的长诗，确实很少见。

《我之生，我之死》确实把我吸引住了。

起初，我觉得这是一部冲动之作。但是作者的虔诚，作者的思绪的凝注，作者抒情的投入，慢慢纠正了我的错觉，使我不得不关注这首长诗。

记得有位著名的诗人，或者是著名的评论家说过，长诗是不存在的。长诗，其实是许多短诗组合成的。甚至像《荷马史诗》，那都是短诗的组合。（我不记得原话了。）

不，长诗确实存在。长诗是一个宏大的构建，不是简单地把短诗拼在一起就叫长诗。

许多长诗，其实就是叙事诗，比如《王贵与李香香》，柯尔律治的《船长行》。

艾略特的《荒原》、艾青的《大堰河，我的保姆》也像是在讲故事，只是叙事的成分少一点。

帕斯的《太阳石》、聂鲁达的《伐木者醒来吧》像在讲一个人的故事，但是抒情成分的比重相当大了。

里尔克的《致俄尔普斯的十四行》、屈原的《离骚》，诗歌中的论说性、思辨性的东西太多。

我觉得《我之生，我之死》的风格更接近《致俄尔普斯的十四行》和《离骚》，就是解释作者个人的思想、理想、认识、价值观，世界观等的一首抒情诗。

作者以生和死为切入点，并以生和死作为全诗的主线，在对生和死展开抒情的时候，全面地展示个人的思想、理想、认识、价值观，世界观等，使之构成一个精神世界的体系与全貌。这之后的章节，几乎在书写生，部分涉及死亡、灾难等，作者甚至对死亡展开了大面积地抒发。

我不是拿作者的《我之生，我之死》与那些名作进行比较。那不可比。不是因为那些诗歌是名作就不可比，是没有可比性。

就艺术创造的独特性看，一首诗与另一首诗没有可比性。

就艺术的眼光看，人与人也没有可比性。人，每个人都是一部完美的艺术品。

不必迷信什么名作。但是，我把这些作品罗列在这里，就是为了呈现一个可供我论说的清晰的背景。我的目的，就是给作者提供一个参照，给作者一个明晰的指向。

从《我之生，我之死》全篇的结构看，作者似乎有随兴而作的可能。我看到有评论家已经在提醒作者。因此全诗的结构有貌似散漫的感觉，似乎缺乏明晰的主线的感觉。但是，真正的抒情长诗几乎只有简单的结构，其主线就是作者抒情的特征。比如《离骚》贯穿屈原的愤懑、悲烈、忧伤；里尔克的《致俄尔普斯的十四行》贯穿着优雅的郁闷，庄重的忧伤。这种情绪徘徊反复，起起伏伏。

诗歌与小说、散文的最大区别，就是没有鲜明的主题，尤其是抒情诗。甚至诗歌有时故意掩饰明确的主题，故意把叙说的主线埋藏起来，比如帕斯在《太阳石》里写自己的经历，但是如果不了解帕斯的写作背景，根本看不到那是在讲自己的故事。

《我之生，我之死》全诗诗意连绵，抒情饱满，起伏有致。在 1 至 10 节之后，论说性增加，在 51 至 60 节里抒情的基调变得优雅、暖和，仿佛在一阵战斗之后的诗意栖息。同时，作者的诗意性的思考，贯穿全诗。这是最吸引我的地方。也许作者的思考并不能多么深刻地触动我，但作者保持了那种严谨、深沉、庄重的思考的同时，能拥有诗意性的抒发，而没有使论说枯燥僵硬，这是非常难得的。也正是这一点，在感染着读者。

这意味着什么？

我想说的，不是赞美作者，是要指出这首诗对作者的真正的价值与指向。

一篇宏大的巨制，是对诗歌野心的洗涤。我说野心，也可以叫雄心，也可以叫理想。但最好是野心。野心，是指作者对抒情的驾驭，还在自己主观想象与愿望之内，如何进入艺术规律之内，正是要通过这个巨制来加以探求的。如此，诗歌野心，就会进入诗意的原野。而从主观愿望向艺术的原野的进入，往往用这种巨制可以实现。

每一个诗人都对自己的真诚、虔敬深信不疑。诗人大都如此，这既是诗人执着与抒情的基础和支撑，也是蒙蔽诗人的祸根。因为真诚与虔敬需要磨砺。当一个人的真诚，与群体、与事物、与精神、与艺术的真诚互相贯通时，诗人的真诚就会抵达一个新的高度，而且是艺术的新的高度。那时，如果作者再回顾此刻的长诗，那么就会明白其中的喧嚣与杂音是多么的可怕。

在诗歌的存在正是一个普遍失败的时代，这样的一首诗注定是要走向沉寂的。因为，这首诗有过于浓重的主观意志，正需要这样的释放加以驱除，才会使一首诗成功进入更多的视野。

从虚伪的功利的角度看，诗人不愿意接受失败。但是从艺术的指向所展示的必然来看，接受失败不是黯然失色，是光环。只有诗人明白其向内在照耀的不可阻挡。因此，一首诗的不可阻挡，其光芒也才会滚滚而来。

但是，宏大必定要沉落，随后，激情会黯然，孤独会再度呈现。那时，新兴的诗意却正以另一种姿态，悄然起身。

（写于 2011 年 4 月 6 日，4 月 8 日发表于好心情网站）

编辑、文友点评《我之生，我之死》

流风（好心情原创文学网诗歌主编）：《我之生，我之死》大气磅礴，意境宏达，以生死为话题，探索人生的价值和意义，寓意深刻。全诗意象丰富，把作者的思考导向生存价值的各个方向，情感充沛，令人赞叹。

月满山（好心情原创文学网诗歌编辑）：凝重大气，有力地抨击了不良风气。笔锋犀利，作者以凛然之正气揭露弊端，诠释着生命的不易和做人的准绳。没有过多的意象铺陈，目光敏锐，思想深刻。似在奔走相告，大声疾呼。

贪梦牛（网友）：语言冷峻，风格豪放，放射着积极浪漫主义的光芒。

临川（网友）：我曾从老梦、小蛮、幽默夫子那儿看到20世纪90年代以后后先锋诗歌的个体写作，也在默然孤山那儿看到现实主义对现实的关注和鞭挞，而刘文斌是介于两者之间的一种姿态，思想的成熟相对于现实的磨砺让作者拥有西川厄运之中的声音。我相信作者读过英国诗人托马斯·艾略特创作的长诗《荒原》，我要说的是长诗要有条主线，让众多的感慨与思想在那儿尽情舞蹈。

彦硕（网友）：语句自然流畅，诗意较为浓郁。

西门无锁（网友）：诗歌是最纯粹、最撼人心灵的语言艺术，诗歌令人着迷，诗人心里装着世界、人类，装着真善美，装着爱……

杨为民（网友）：这首诗批判现实，思想深刻，展现一颗伟大的心灵对生命价值的追求与反思。单看其中一首，或许略嫌平凡，但正如普通的音符组合在一起一样，整首诗构成了一首美丽的生命之歌。这是一组充满哲理的诗歌，作者对生命进行了深入的思考，引人深思。

月满山（网友）：语句流畅，笔风大气，哲理性强。

梅香透雪（江山文学网编辑）：我一口气读完了这首长诗，我为诗人的才华所震撼。这里有自我解剖，这里有自然抒怀；这里有诗人的所思所想，这里有人世的悲欢离合；这里有天上的太阳月亮和星星，这里有地上的鲜花杂草和枯叶。这是天文地理的融合，这是人文哲学的思考。"我"，作为一根主线，贯穿始终。科学的张扬，和谐的期待，美好的向往，在这里集合。诗人的爱，淋漓尽致；诗人的情，大气磅礴。我惊诧于诗人的嗅觉诗人的味觉诗人的听觉诗人的感觉。诗人就是诗人，怀揣自己的梦想而飞。全诗不乏警句，感情饱满，文采斐然。

人类因有了文字，
才有了文明，
有了历史，
才有了社会的进步与发展。

诗人的爱,淋漓尽致;
诗人的情,大气磅礴。